농담

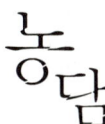

농담

탈레스, 소크라테스, 디오게네스 등의 철학자들과
옛 유랑 시인들이 전하는 유쾌한 한마디

이형식 편역

궁리
KungRee

아름다운 말은 뇌수가 아니라 가슴에서 비롯된다. 그것
은 착한 심정이나 구애됨 없는 성품이 발산하는 일종의 향
기이지, 잽싸고 차가운 기지의 수고로운 산물이 아니다. 예
를 들어, 라로슈푸꼬나 라브뤼에르 등과 같은 부류의 논객
들이 남긴 격언에, 제법 날카로운 기지가 번득이는 듯도 하
지만, 기실 그들의 언사는 직업 문인들이나 영악스러운 궁
정인들의 아귀다툼과 허세의 피곤한 흔적으로 얼룩져 있을
뿐이다. 역시 기지를 뽐내던 라퐁뗀느, 생시몽, 샤를르 뻬로
등의 글 또한 위 두 사람의 언사와 크게 다르지 않다.

그들에게서는 탈레스나 소크라테스를 비롯한 많은 고대
그리스 철학자들이나, 마르쿠스 아우렐리우스, 세네카 등
고대 로마의 스토아 철학자들, 프랑스 중세의 이름 모를 문

인들, 쵸서, 보카치오, 라블레, 샤를르 쏘렐, 몰리에르, 몽떼스끼외, 볼떼르 등의 날카롭되 서글서글하며 따스하기도 한 언사를 발견하기 어렵다.

향기나 꽃가루 혹은 수액(樹液)처럼 자연스럽게 분비되는 따스한 말들 중 대표적인 것이 아마 농담일 것이다. 물론 많은 사람들이 남긴 말이나 글들 중 어디까지를 한정하여 농담이라 해야 할지, 그 경계를 긋기가 그리 쉬운 일은 아니다. 어투나 문체가 각 개인에 따라 다르듯, 농담의 형태나 소재 또한 무한히 다양하기 때문이다. 하지만 모든 농담을 일관하는 공통점 하나가 있으니, 그것은 어떠한 농담이든 굳건하고 호활한 기질이 무의식적으로 찾아낸 탈출구라는 점이다.

그리하여 농담은 고여서 썩고 있는 물을 흘러가게 해주는 실고랑 즉 배수로의 기능을 수행한다. 우리의 가슴속에서 부글거리며 썩고 있는 담즙, 그 어처구니없는 세월의 잔해를 조용히 흘려 보내게 해주는 것이 농담이다. 또한 처절한 슬픔과 절망감에 사로잡혀 기가 막혀 있을 때, 우리의 숨통을 넌지시 열어주기도 한다. 뿐만 아니라 그것은 우리의 내면에 응결된 경멸감, 증오, 살기마저도 녹여준다. 다시 말해, 우리에게 존재적 신국면을 열어주기도 한다.

유난히 춥던 어느 겨울날, 지극히 사랑하던 벗님이 멀리 떠나셨다. 벗님에게 작별을 고하는 순간, 온몸의 생기가 빠져나가고 눈앞이 아득했다. 사지는 멋대로 후들거리고, 온 세상이 문득 정적 속에 잠기는 듯하였다. 나를 사로잡은 것은 슬픔도 두려움도 고통도 아니었다. 그것은 태허(太虛) 그 자체였다.

어느 쪽으로 고개를 돌려도 황량한 산하뿐, 초목도 목청 곱던 새들도 모두 생기를 잃고 입을 다문 듯하였다. 그토록 아름답던 저녁노을도, 산마루도, 들판도, 강변 오솔길도, 모두 구슬픈 기운에 뒤덮여 있었다. 오직 소리 없는 애도가만이 대기를 가득 채우고 있었다. 그러한 산천을 배회하려니 무색하고 서러웠다. 태양도, 달빛도, 별빛도 차마 얼굴을 들어 대할 수가 없었다. 온갖 미물과 초목들, 산과 시냇물, 우주 만물이 나를 비웃는 듯하였다. 거울 앞에 서는 것도, 옷매무새 가다듬는 것도, 민망스럽고 송구스러웠다. 극도의 외로움 속에서 몸이 풍화되어 흩어지는 것 같았다.

달빛 유난히 밝고 바람 차던 어느 날 밤, 눈 덮인 능선을 따라 한없이 걸었다. 점점 높은 곳으로 오를수록, 마른 억새를 후려치며 지나가는 바람이 얼굴을 에이었다. 하지만 가슴속에서 이글거리는 화염은 더욱 맹렬해지기만 하였다.

"어느 적막강산에서 저 달을 바라보실까? 내 볼을 스치는 이 거센 바람결이, 벗님의 처연한 가슴에 내 체온을 조금이나마 전해드렸으면!" 그러한 생각이 뇌수를 비집고 고개를 쳐드는 순간, 광증의 첫 진동이 온몸에 파르르 퍼져나갔다. 더 이상 한 걸음도 움직일 수 없었다. "*Tristis usque ad mortem*(죽도록 슬프도다)!" 그 절박한 탄식이 무의식중에 튀어나왔다.

문득 발길을 돌렸다. 온 세상이 무심히 또 태평스럽게 잠든 그 시각에, 외톨이 늑대처럼 삭풍 속을 배회하는 것이 사치스럽고 염치 없는 행각처럼 여겨졌다. 모두들 무덤 속 평온에 잠겨 있는데, 오직 나만이 성마른 아이처럼 뒤척이고 보채는 것 같았다. 서둘러 거처로 돌아와 작은 내 방으로 들어갔다. 들쥐나 족제비, 도둑 고양이, 이름 모를 밤새들의 눈에 띄지 않을까, 저어되고 한편 무색하였다. 그 미물들이 새삼 두려웠다. 방 안에 들어섰으나 앉을 수도 누울 수도 없었다. 방 한가운데에 말뚝처럼 선 채, 벽면에 기대어 쌓아둔 책들을 아무 생각 없이 둘러보았다. 무수한 영혼들의 잔해로 둘러싸인 방은 납골당 그 자체였다. 숱한 희열과 고뇌와 광증의 적막한 하치장!

무심히 책 한 권을 집어들었다. 소크라테스가 국가의 신들을 인정하지 않고, 새로운 신들을 불러들였으며, 젊은이들을 타락시켰다는 누명을 쓰고 사형 언도를 받은 일을 전하는 책이었다. '천하고 구역질나는 야유, 비천한 돌팔이 냄

새 풍기는 아리스토파네스의 언어'가 아테네 대중을 선동하였다고 플루타르코스가 분개하던 사건, 또한 선동에 넘어갔던 아테네 시민들이, 얼마 아니 되어 잘못을 깨닫고 선동꾼들을 처형하거나 국외로 추방하였노라고, 성 아우구스티누스가 싸늘한 어조로 술회하던 그 사건을, 지극히 소박하게 이야기한 책이었다. 스파르타의 괴뢰 정권이었던 '삼십인 과두체제'가 무너진 후, 저질 민주 정권의 묵인하에 저질러진 그 외설스러운 만행, 시기심에 앙앙불락하던 저질 문인 멜레토스, 돈푼깨나 모은 갖바치 아니토스, 천한 직업 변론가이며 선동꾼이었던 뤼콘 등이, 떼거리로 전락한 아테네인들의 집단피해망상증과 질투심을 자극하여 저지른 엉뚱한 복수 이야기였다. 하지만, '그리스 역사 속에서 일어난 가장 흉측스럽고 혐오스러운 사건', 그리스인들을 로마인들과 터키인들의 노예로 전락시키는 단초가 되었다고 하는 (볼떼르) 그 사건을 전하는 어조는 담담하기 그지없었다.

소크라테스가 죽음을 맞던 날, 제자들이 그를 둘러싸고 몹시 슬퍼하였다. 소크라테스는 그러한 제자들을 달래며 그들이 오히려 자기의 죽음을 기뻐해야 마땅하다고 하였다. 사람은 누구나 태어나는 순간에 이미 자연으로부터 사형 언도를 받았고, 더구나 자신은 이미 늙어, 장차 기다릴 것은 온갖 고통뿐이기 때문이라 하였다. 그러니, 자신의 죽음을 굴러들어온 행운으로 여겨야 한다며, 제자들을 깨우쳐주었다. 그러나 제자들 중 가장 나이 어린 아폴로도로스는, 슬픔을 이기지 못해, 울먹이며 스승에게 다시 아뢰었다. "하지만 제가 슬퍼하는 것은, 사부님께서 부당하게 돌아가신다는 사실입니다!" 그러자 소크라테스가 어린 제자의 머리를 쓰다듬으며, 그리고 활짝 웃으며 부드럽게 말하였다. "내가 지극히 아끼는 아폴로도로스여, 그대는 내가 부당하게 죽지 않고 정당하게 죽기를 바라는가?"

아테네의 고결한 군인 크세노폰이 순박한 어조로 전하는 소크라테스의 그 농담을 접하는 순간, 현기증이 나를 사로잡았다. 웃음이 터져나오는가 했더니 눈물이 앞을 가렸다. 노여움과 냉혹한 경멸감으로 굳어 있던 가슴이 어느새 녹아버린 것이다. 그리고 다음 순간, 그와 유사한 농담들을 모아 벗님에게 보내드리고 싶은 욕구가 조용히 꿈틀거리기 시작하였다. 또한 거의 동시에, 무수한 사람들의 착한 얼굴들이 끊임없이 눈 앞에서 어른거렸다. 이 세상 구석구석에서, 각자의 시름과 슬픔과 고통을 감내하며, 삶이라는 고역에 시달리는 순박한 사람들의 모습이었다.

이 책에 수록한 농담들은 고대 그리스와 로마제국의 철학자들 및 중세 이후의 프랑스 문인들이 남긴 것들로 한정하였다. 다른 문화권들이 남긴 전적(典籍)들까지 참고하여 더 많은 농담을 수집해볼까 잠시 생각도 해보았으나, 필자의 평소 연구 대상 영역에 머무는 것이 도리에 합당하다고 판단되었기 때문이다.

서글프고 답답하고 무료하고 울울할 때, 나른하여 아무 일도 손에 잡히지 않을 때, 무엇을 지루하게 기다려야 할 때, 억울하고 분하여 무슨 짓이든 저지르고 싶을 때, 온 세상으로부터 배신당했다는 감회가 밀려올 때, 그리하여 아무도 대면하고 싶지 않을 때, 사람들이 극도로 경멸스러운 미물로 보일 때, 그 미물들을 맹독성 농약으로 깡그리 박멸하여 쓸어내야겠다는 참담한 망상이 꿈틀거릴 때, 한 마디로, 삶을 지속하기가 몹시 힘겹게 느껴질 때, 이 책에 실린 실없는 농담들 중 하나가 우리의 가슴을 잠시나마 가볍게 건드리고 지나가기를 바랄 뿐이다.

2003년 12월
이형식

차 례

사바나 풍정

적의 불행이 나의 위안?

아리스토텔레스(기원전 384~322년)는 탈레스(기원전 7
~6세기)를 가리켜 그리스 최초의 철학자라고 하였다. '자신
을 아는 것이 가장 어려운 일이며, 남에게 충고하는 것이 가
장 쉬운 일'이라고 말한 사람도 탈레스라고 전한다. "너 자
신을 알아라!" 이 말도 실은 탈레스가 한 것이라 한다. 하지
만 그러한 탈레스도 가끔은 소박한 감회를 감추지 않은 모
양이다. 어떤 사람이 그에게 물었다.

"탈레스, 이 세상에서 가장 힘든 일이 무엇이라 생각하
는가?" 그러자 탈레스가 서슴지 않고 대답하였다.

"간교한 폭군이 무사히 늙어가는 것을 가만히 보고만 있
어야 하는 것이지."

그 사람이 다시 물었다.

"역경을 수월하게 견디는 방법을 아는가?"

"물론이지! 우리보다 더 불행해진 적들을 바라보고 있으
면 우리의 고초를 잊을 수 있지."

진정 매를 맞아야 할 자는

어떤 사람이 자기의 하인에게 혹독한 매질을 가하고 있었다. 소크라테스(기원전 469~399년)가 그에게 물었다.

"무슨 이유로 하인에게 그토록 화를 내시는가?"

"녀석이 몹시 게걸스러울 뿐만 아니라, 이 세상 그 누구보다도 게으르기 때문이오."

그러자 소크라테스가 다시 물었다.

"그렇다면 항상 놀면서 부유하게 사는 당신과 당신의 하인 중, 누가 진정 매를 맞아야 할지 단 한 번만이라도 생각해보셨소?"

야심을 염탐하러 온 스파이

디오게네스(기원전 400?~323년)의 옷차림과 괴이한 언행을 수상히 여긴 사람들이, 그를 알렉산더의 부왕(父王) 필리포스 II세(기원전 382년경~336년)에게 끌고 갔다. 필리포스 왕이 물었다.

"그대는 누구인가?"

그러자 디오게네스가 서슴지 않고 대답하였다.

"전하의 야심을 염탐하러 온 스파이입니다."

그 말에 왕은 잠시 할말을 잊었다. 그리스 전체를 도모하려는 자기의 웅대한 뜻을 꿰뚫어보고 한 말 같았기 때문이다. 하지만 그는 디오게네스를 아무 말 없이 풀어주었다.

누가 폐하를 두려워하리까

알렉산더 대왕이 어느 날, 햇볕을 쬐며 젖은 옷을 말리고 있는 디오게네스에게 먼저 자신을 소개하였다.

"내가 위대한 알렉산더니라!"

그러자 디오게네스가 정중한 어조로 답례하였다.

"제가 그 유명한 개 디오게네스입니다."

알렉산더가 물었다.

"무슨 연유로 사람들이 그대를 가리켜 개라고 하는가?"

"저에게 무엇을 흔쾌히 주는 사람은 다정하게 핥고, 아무 것도 주지 않는 사람을 향해서는 으르렁거리거나 짖어대며, 저를 구박하는 사람은 물어뜯기 때문입니다."

알렉산더가 다시 물었다.

"그대는 짐을 두려워하는가?"

그러자 디오게네스가 되물었다.

"폐하께서는 착하십니까, 냉혹하십니까?"

"물론 착하지!"

"진정 그러하실진대, 이 세상 그 누가 폐하를 두려워하리까?"

알렉산더가 더욱 부드러워진 어조로 말하였다.

"원하는 것이 있으면 기탄치 말고 청하게. 어떠한 소청이든 들어주겠네."

"옆으로 조금 비켜서시옵소서. 폐하께서 햇볕을 가리고 계십니다."

그의 귀가 발에 뚫려 있기 때문이지

아리스티포스(기원전 435?~355년)가 어느 날, 자기의 친구를 위하여 시라쿠사의 절대군주 디오니시오스 I세(기원전 430~367년)에게 간곡히 소청할 일이 있었다. 그는 자기의 청이 가납되지 않자, 왕의 발 밑에 엎드려 다시 간청하였다. 그 소문이 퍼지자, 어떤 사람이 그의 처신을 비난하였다. 그는 태연히 대꾸했다.

"그것은 내 잘못이 아니라 디오니시오스의 잘못일세. 그의 귀가 이상하게도 발에 뚫려 있기 때문이지."

또 다른 알렉산더가 나타날 터인데……

알렉산더 대왕이 어느 날 크라테스(기원전 336년~286? 년)에게 물었다.

"내가 그대의 조국 테베를 다시 일으켜 세워주기를 바라는가?"

크라테스가 노여움을 억누르며 구슬프게 대답하였다.

"무슨 소용 있겠습니까? 일으켜 세우신다 해도, 또 다른 알렉산더가 나타나 저의 조국을 파멸시킬 것입니다."

알렉산더의 변덕에 맞춰 먹고 자야 하니까

아리스토텔레스의 조카이며, 숙부의 문하에서 알렉산더 대왕과 함께 수학한 칼리스테네스(기원전 360~327년)는, 철학자이며 동시에 역사가로서 알렉산더의 종군 사관(史官)이기도 했다. 그가 왕의 최측근 막료가 되어 융숭한 대접을 받자, 사람들은 그를 행운아라고 하였다. 그러나 디오게네스의 생각은 달랐다.

"아니야, 그의 처지를 불쌍히 여겨야겠지. 이제부터 그는 알렉산더의 변덕에 맞춰 먹고 자야 하니까!"

훗날 칼리스테네스는, 자신을 신이라 생각하던 알렉산더의 오만을 야유하는 글을 썼고, 결국 알렉산더에 의해 죽임을 당하였다.

대역죄를 저지른 참매

후레데릭 대왕(1194~1250년)은 매를 날려 사냥하기를 좋아하였다. 그에게는 도시 하나와도 바꾸지 않을 만큼 아끼는 참매 한 마리가 있었다. 어느 날 왕은 그 참매를 날려 두루미를 잡으려 하였다. 두루미는 하늘 높이 날고 있었는데, 참매가 그것을 노려보며 치솟기 시작하였다. 그런데 문득, 둥지를 떠난 지 얼마 아니 되는 어린 독수리 한 마리가 참매의 눈에 띄었다. 참매는 즉시 독수리를 덮쳤다.

강한 발톱으로 사냥감을 움켜쥔 채 참매가 땅 위로 내려앉자, 왕이 급히 달려갔다. 그러나 왕이 보자니, 매의 발톱에 걸려 몸부림을 치고 있는 것은 두루미가 아니라 어린 독수리였다. 왕은 몹시 노하여 신료들에게 분부하기를, 당장 매의 목을 치라고 하였다. 신료들이 몹시 놀라 그 연유를 묻자, 왕이 담담히 대답했다.

"저 매는 자기의 상전을 죽이려 하였느니라!"

솔로몬이 어찌 수탉만하겠는가

볼떼르(1694~1778년)는 수탉을 다음과 같이 찬양하였다.

"닭들이 한가하게 노니는 시골 농가의 마당이 가장 완벽한 군주 국가의 모습을 보여준다. 수탉에 비교할 만한 왕은 없다. 수탉이 무리 사이로 의연하고 오만하게 거닐지만, 그것은 허영심 때문이 아니다. 적이 가까이 올 경우, 수탉은 자기 백성들에게 목숨을 바쳐 싸우라는 명령을 내리지 않는다. 그는 몸소 앞으로 나서며, 암탉들을 뒤로 물러서게 한 다음, 죽는 순간까지 싸운다. 또한 싸움에 이기면 자신이 목청껏 감사 찬양을 드린다. 인간 사회에서는 그토록 멋지고 정직하며 무사무욕한 정경을 볼 수 없다. 수탉은 또한 미덕도 두루 갖추었다. 그 위엄있는 부리로 밀 한 알, 벌레 한 마리를 물고 있다가는, 그의 앞으로 먼저 나서는 암탉에게 선선히 내준다. 그 화려한 할렘에 군림하던 솔로몬도 수탉의 풍모는 흉내조차 내지 못하였을 것이다."

불쌍한 외과의사들

십자군 전쟁(1096~1291년), 알비성전(1209~1229년), 종교전쟁(1562~1598년), 바르텔르미 축일 학살사건(1572년 8월 23~24일), 기타 보헤미아, 포르투갈, 아일랜드 등지에서 자행된 만행 등, 유럽을 피로 물들였던 사건들을 자세히 검토하던 프랑스의 어느 철학자가, 다음과 같은 괴이한 결론을 내렸다.

"교회는 피라면 질색이다. 그 심정이 너무나 고와, 피가 흐르는 것을 보기만 하여도 기절할 지경이다. 따라서 교회는 몸소 수술을 하지 않는다. 의사들처럼, 더러운 피를 뽑으라는 처방을 내릴 뿐이다. 그리고 자락(刺絡, 침으로 피부를 찔러 피를 조금씩 내보내는 방법)질을 도맡는 이들은 군주들, 사법관들, 망나니 등, 교회의 상근 외과의사들이다."

양치기 개?

프랑스의 어느 철학자는 군주들을 가리켜 다음과 같이
말하였다.

"착하신 조물주의 양들이 편안히 풀을 뜯도록, 그것들을
돌보며 몰고 다니는 사람들을 목자라고 한다. 그들은 순수
한 자비심에 이끌려 그 일을 맡았으며, 그들이 누리는 권리
라야 기껏 양들의 털을 깎거나, 털이 더 이상 만족스럽지 못
하게 되면 양들을 도살장으로 보낼 수 있는 권리 등이다. 군
주들이란 그 목자들의 개인데, 양들이 길을 잃어 엉뚱한 곳
에서 헤매거나 털깎기에 순순히 응하지 않을 경우, 목자들
이 개를 시켜 양들에게 강한 이빨맛을 보여주게 한다."

그러한 사기꾼을 좀더 자주 보내주시옵소서

안토니우스 피우스 황제(86~161년)는 하드리아누스 황제(76~138년)의 뒤를 이어 제위에 오른 후 내치에 정성을 쏟아, 경제적·사회적 안정을 추구했다. 그의 치세 기간에 로마제국의 문물이 그 절정에 달했다.

그러나 몇몇 신학자들은, 그 독실하고 경건했던 황제가 덕을 갖추지 못했다고 주장한다. 또는, 사람들을 지배하는 것으로 만족하지 못하고, 그들로부터 존경까지 받기를 원하던 고집스러운 스토아 철학자라고 헐뜯기도 한다. 그런가 하면, 자기가 사람들에게 베푼 선행을 자신의 공으로 돌렸다고 나무라기도 한다.

뿐만 아니라, 그가 평생 동안 공평하고 성실했으며 지대한 선을 베푼 것은 오직 허영심에 이끌려서였으며, 따라서 그는 자기의 미덕으로 사람들을 속인 것이라고도 한다. 신학자들의 그 일그러지고 궁색한 험담을 곱씹던 볼떼르가 외쳤다.

"오! 하느님, 그러한 사기꾼을 저희들에게 좀더 자주 보 내주시옵소서!"

저의 염치없음을 용서하시옵소서

전쟁만 일삼다가 나라 살림을 거덜낸 폭군이, 어느 날 자기의 자랑스러운 친위대를 사열하게 되었다. 친위대장이 병사 하나를 폭군에게 소개하였다.

"전사들 중 전사이며 충성심과 용맹스러움의 화신입니다. 지난번 전투에서 자신의 목숨을 돌보지 않고 싸운 이 병사 덕분에, 불리했던 전세를 뒤집을 수 있었나이다."

그러자 폭군이 병사를 칭찬하며 말하였다.

"장하도다! 과인이 그대에게 상을 내리고 싶으니, 소원하는 바가 있으면 서슴지 말고 청하라. 무엇이든 들어줄 것이니라!"

"전하, 양말 한 켤레만 하사하시옵소서. 날씨가 몹시 춥습니다."

"뭐라고? 과인은 그대에게 황금이나 전마, 아니 영지를 주어도 아깝지 않다 생각하고 있는데, 기껏 양말 한 켤레를 청하는가?……"

놀라서 묻는 폭군에게 병사가 조심스럽게 아뢰었다.

"전하, 제가 정말 얻을 수 있는 것이 무엇인지를 숙고한 끝에 감히 드린 청이옵니다. 저의 염치없음을 용서하시옵소서!"

가장 오래된 직업

의사와 건축가, 철학자, 정치가 등 네 사람이 서로 자신의 직업이 가장 오래되었다며 입씨름을 벌이고 있었다. 먼저 의사가 자신의 주장을 폈다.

"저는 제 직업이 다른 어느 직업보다 앞서 시작되었다고 생각합니다. 최초의 인간인 아담의 갈비뼈 하나를 들어내고, 또 그것으로 이브를 만든 일, 그것이 바로 의료 행위가 아니겠습니까?"

그러자 건축가가 반박하며 나섰다.

"하지만, 아담이 태어나기 전에, 우주를 창조하고 유기적으로 조직하기 위한 작업이 있었습니다. 그 작업이 곧 건축 행위 아니겠습니까?"

건축가의 말을 듣고 이번에는 철학자가 나섰다.

"뭘 오해하고 계신 듯합니다. 우주를 창조하기에 앞서, 하느님께서는 대혼돈을 앞에 놓고 먼저 구체적이고 치밀한 사유(思惟)를 펼치지 않을 수 없었을 것입니다."

세 사람의 주장을 듣고 있던 정치가가 빙긋이 웃으며 반문하였다.

"그렇다면 세 분께서는 도대체 누가 그 대혼돈을 창조했다고 생각하십니까?"

자신들이 노예인지조차 모르는 사람들

펠로폰네소스 전쟁(기원전 431~404년)이 끝나고 흑사병이 아테네와 아티카 전역을 휩쓴 후 어느 날, 소크라테스는 국외로 피난갔다 돌아온 옛 친구를 만났다. 지니고 나갔던 재물은 타국에서 몽땅 털리고, 부모님의 유산도 없는지라, 그 친구는 적수공권의 처지였다. 소크라테스가 그에게 묻기를, 어떻게 생계를 꾸려가느냐고 하자, 그날그날 노동을 하며 살아가고 있노라 하였다. 그러자 소크라테스가 제안하였다.

"몸이 이미 늙었으니, 자네가 노동을 얼마나 더 계속할 수 있겠는가? 수족을 움직이기 어려워질 때가 곧 닥치리니, 다른 일거리를 찾아야 하지 않겠는가?"

그렇게 허두를 연 다음, 소크라테스는 친구에게 권하기를, 부유한 지주를 찾아가 집사직을 구해보라고 하였다. 지주의 농사 전반을 감독하고 그의 재산을 관리하는 일은, 비록 몸이 늙더라도 할 수 있기 때문이라는 것이다.

"하지만 소크라테스, 그러한 노예 상태로 산다는 것이 나로서는 견디기 어려운 고역일세!"

친구가 그렇게 난색을 표하자, 소크라테스가 다시 자상한 어조로 말하였다.

"한 나라의 우두머리가 되어 그 나라의 모든 일을 주관하는 이들 중, 자신들이 다른 사람들보다 더 처량한 노예 상태에 있다고 생각하는 사람은 별로 없다네. 오히려 자기들이 더 자유롭다고 믿고들 있지."

누가 진정한 가난뱅이인가

정치가가 되려는 한 젊은이에게 소크라테스가 물었다.

"자네가 민주국가의 지도자가 되고자 열심히 준비하고 있음을 알고 있네. 그러니 민주주의가 무엇인지는 물론 잘 알고 있겠지?"

"잘 안다고 믿습니다."

"민중이라는 것이 무엇인지 모르고 민주주의를 알 수 있다고 생각하는가?"

"그렇지 않습니다."

"그렇다면 자네는 어떤 사람들을 가리켜 민중이라 하는가?"

"민중이란 가난한 사람들을 뜻합니다."

"그렇다면 가난한 사람들이 어떤 사람들인지 잘 안다는 말이지?"

"물론입니다."

"그러면 부유한 사람들이 어떤 사람들인지도 잘 알겠

지?"

"역시 잘 압니다."

"그렇다면 자네가 말하는 부자와 가난뱅이는 각각 어떤 사람들인가?"

"필요한 지출을 감당할 만큼 충분히 갖지 못한 이들이 가난한 사람들이며, 필요 이상으로 가진 사람들이 부자입니다."

"하지만, 보잘것없는 재물만으로도 충족하게 살아갈 뿐만 아니라 저축까지 하는 사람들이 있는 반면, 상당한 재물을 가지고도 살기 힘들다고 하는 사람들이 있다는 사실을 알고 있는가?"

"예, 알고 있습니다. 마침 말씀을 하시니까 생각나는데, 가장 가난한 사람들만큼이나 재물을 탐내어 범행을 저지르는 지도자들도 보았습니다."

"그렇다면, 그러한 지도자들을 빈민층으로 간주하고, 적은 재물로도 충족하게 살아가는 사람들을 부유층으로 분류해야 하지 않겠는가?"

독보리는 열심히 골라내면서……

저질 민주체제가 수립되어, 천한 선동꾼들이 판을 치던 아테네 정계의 풍정을, 안티스테네스(기원전 444~365년)는 다음과 같이 묘파하였다.

"사람들은 곡식을 널어놓고 독보리를 열심히 골라낸다. 또한 군대에서는 용기 없는 병사들을 가려내어 집으로 돌려보낸다. 그런데 정치판에서는 참으로 기괴한 현상이 벌어진다. 즉, 천하고, 추하며, 극도로 못된 자들이 정부 속에 끼어 있어도, 그들을 가려내어 내치지 않는다."

이제부터 찾아보아야지요

    학식과 수양 깊은 바라문교도(브라만교도) 한 사람이, 조국 인도를 떠나 어느 유럽인과 함께 서쪽을 향해 천천히 발걸음을 옮기고 있었다. 두 사람이 함께 인도를 떠난 지는 벌써 여러 달, 그 동안 그들은 이미 세계 각지의 정치 체제와 종교에 관해 많은 이야기를 나누었다. 바라문교도는 여하튼 인도를 떠난 것이 기쁘다고 하였다. 유럽인이 물었다.

    "이젠 어느 나라에서, 그리고 무엇이 지배하는 나라에서 살고 싶습니까?"

    "저의 조국만 아니면 어디든 좋습니다."

    그 참담한 답변에 측은한 마음을 억제하지 못하며, 유럽인이 다시 물었다.

    "하지만 어떤 나라를 택하시겠습니까?"

    "사람들이 오직 법에만 복종하는 곳이면 어디든 좋습니다."

    "그것이야 태곳적부터 많은 사람들이 하던 말입니다."

"그렇다 해서 틀린 말은 아니지요."

유럽인이 다시 물었다.

"그러면, 사람들이 오직 법에만 복종하는 그런 나라가 어디에 있습니까?"

그러자 바라문교도가 천천히 대답하였다.

"이제부터 찾아보아야지요!"

미라를 만들 때 왜 뇌수를 제거했을까

다음은 볼떼르가 피라미드 앞에서 펼친 몽상이다.

"오늘날 사람들은 피라미드 앞에서 찬탄을 금치 못한다. 하지만 그것은 노예로 전락한 백성의 유산일 뿐이다. 그것을 쌓는 일에 온 백성이 매달렸을 것이다. 그렇지 않았다면 그 추한 덩어리를 성공적으로 쌓아 올리지는 못했을 것이다.

피라미드의 용도가 무엇이냐고? 몇몇 군주나 총독 혹은 왕실 집사 등의 미라를 작은 방 속에 보존하기 위함이었다. 그리고 천 년이 지나면, 그들의 영혼이 다시 찾아와 미라들을 부활시키리라 굳게 믿었다. 그런데, 육신이 부활하기를 기대하며 시신에 방부제를 바르면서, 어찌하여 뇌수만은 제거하였을까? 그 세력가들이 뇌수 없이 부활해야만 할 중대한 이유가 있었던 모양이다."

똥을 먹으며 그토록 자랑할 것은 없지

프랑스의 어느 조용한 시골 마을에서 할머니가 어린 손자들에게 옛날이야기를 들려주고 있었다.

"옛날, 아주 먼 옛날, 작은 새 한 마리가 말똥 속에 있는 곡식을 달게 쪼아먹고 있었지. 그러다가 말똥이 하도 맛있어서, 작은 새는 목청껏 즐거운 노래를 부르기 시작하였단다. 그런데, 마침 하늘 높이 떠 있던 새매가 그 노래 소리를 들었지 뭐냐! 새매는 그 새를 한입에 삼켜버렸단다."

할머니가 이야기를 멈추자 아이들이 조바심을 내며 물었다. "할머니, 그 다음에 어떻게 되었어요?"

"그 다음 이야기는 없단다."

"아이, 시시해! 그게 전부예요?"

"아니지, 그게 전부는 아니야. 그 이야기 속에는 큰 교훈이 숨어 있단다. 잘들 듣거라. 똥을 먹는 것이 아무리 즐겁더라도, 그것을 먹으며 지붕 위에서 소리쳐 자랑할 것까지는 없느니라!"

양의 신세가 더 낫구나

디오게네스가 아티카와 코린토스의 접경 지대에 있는 메가라에 갔을 때이다. 유클리드(기원전 450년경~380년경)의 고향이기도 하며, 또 옛날에는 풍요로움을 누리던 도시이건만, 펠로폰네소스 전쟁 이후부터 쇠락의 길로 들어서, 디오게네스가 도착했을 때에는 도시가 몹시 피폐해 있었다. 그가 보자니, 양들은 털이 실하게 자랐건만, 아이들은 입을 것이 없어 벌거숭이로 뛰놀고 있었다. 디오게네스가 곁에 있던 사람에게 말하였다.

"메가라에서는 양의 신세가 아이들의 신세보다 낫습니다!"

왕의 손도 내 손보다 더 크지 않더군

옛날 프랑스 시골에 사는 어느 농사꾼이 세금을 납부하지 않았다. 어느 날, 왕명을 받은 관리가 나타나, 그의 소와 수레를 압류하여 가져가며 말했다.

"이것들은 모두 국왕 전하의 수중으로 들어갈 걸세!"

농사꾼은 몹시 놀랐다. 그는 왕의 몸집은 웅장한 성당만 하고, 손은 수백 년 된 떡갈나무 같을 것이라 생각했다. 얼마 후, 왕이 그 지방으로 사냥을 하러 온다는 소문이 퍼졌다.

농사꾼은 자기 집에서 삼십여 리나 되는 사냥터로 달려 갔다. 그리고 멀찌감치에서 왕을 살펴보고는 즉시 발길을 돌렸다. 그날 저녁, 이웃의 다른 농사꾼들과 함께 주막에서 술을 마시며 그가 큰소리로 떠들었다.

"하느님의 모친을 두고 맹세하네만, 내가 오늘, 여기에 있는 개만큼이나 가까이에서 왕을 보았네. 그런데 왕의 얼굴도 우리의 얼굴과 다름없었네. 세금 받으러 왔던 관리녀석에게 한 마디 해야겠어! 녀석이 말하기를, 내 소와 수레가

왕의 수중으로 들어갔다는데, 오늘 보니, 왕의 손도 내 손보
다 더 크지 않더군!"

개의 꼬리를 잘라 개에게 먹이는 이치?

프랑스의 한 시골 마을에서, 세무 관리 하나가 순박한 농부에게, 왜 세금을 내야 하는지를 열심히 설명하고 있었다.

"아저씨께서 국가에 바치시는 돈이 결국에는 아저씨에게 되돌아온다는 사실을 아셔야 합니다. 가령, 아무리 흉년이 들고 다른 천재지변이 닥친다 하더라도, 국가는 그 돈으로 아저씨께서 굶지 않으시도록 해드릴 것입니다……."

잠자코 설명을 듣고 있던 농부가, 문득 깨달았다는 듯이 말하였다.

"아! 그렇군요. 우리 개에게 고기 한 점이나마 먹이고 싶을 때, 제가 우리 개의 꼬리를 조금 잘라서 먹이는 이치와 같군요!"

얼마나 가상한 일인가

건장한 청년 하나가 어느 연회석에서 키타라(혹은 기타의 전신)를 연주하고 있었다. 연주를 듣던 사람들이 그의 서툰 솜씨를 비웃었다. 그러나 오직 디오게네스만은 젊은이를 극구 칭찬하였다. 사람들이 이상하게 여겨 그 이유를 묻자, 디오게네스가 대답했다.

"저토록 건장한 젊은이가, 다른 사람들의 재산과 생명을 노리는 산적이나 해적이 되지 않고, 얌전히 키타라나 연주하고 있으니 얼마나 다행스럽고 가상한 일입니까!"

다른 무고한 죄수들을 타락시킬까 두렵도다

솔로몬 왕이 어느 날, 왕국 내에서 가장 큰 감옥을 방문하였다. 그리고는 죄수들을 하나씩 불러 몸소 물었다.

"그대는 무슨 죄를 지었길래 이곳에 있는가?"

"전하, 소인은 아무 죄도 저지르지 않았나이다!"

다음 죄수의 대답 또한 별로 다름이 없었다.

"저에게는 아무 죄도 없나이다! 저는 사법적 실수의 희생자일 뿐입니다!"

나머지 다른 죄수들의 대답 역시 거의 비슷하였고, 그들은 한결같이 자신들이 비둘기처럼 결백하다 하였다. 그런데, 어느 죄수 하나만이 다르게 대답하였다.

"전하, 소인은 마땅히 받아야 할 벌을 받고 있는지라, 추호도 불평할 것이 없나이다."

그러자 솔로몬 왕이 감옥의 책임자를 불러 하명하였다.

"이 소름끼치는 죄인을 즉시 석방하라! 이 못된 죄수가 이곳에 있는 무고한 사람들을 타락시킬까 두렵도다!"

두 사람 모두에게 죄가 있소

두 소송인이 기를 쓰며 아귀다툼을 벌이고 있었다. 그들의 싸움질을 한동안 구경하던 디오게네스가, 그들 중 한 사람에게 말하였다.

"당신은 지금 저 사람이 돌려달라고 하는 물건을 훔쳤으니, 당신의 잘못이오!"

그리고 다시 그 상대방 소송인을 바라보며 말하였다.

"당신은 저 사람이 훔치지도 않은 물건을 내놓으라고 억지를 쓰니, 당신의 잘못이오!"

바위를 증인으로 부르소서

아라비아의 어느 부유한 상인이, 오래전부터 거래하던 유대인에게 은화 오백 온스를 빌려주었다. 그러나, 돈을 빌릴 때 자리를 함께 했던 증인 두 사람이 모두 세상을 떠나자, 유대인은 돈을 빌린 적이 없다며 빚 갚기를 거절하였다. 아라비아 상인은 억울함과 울분을 이기지 못하고 끙끙 앓기만 하였다. 주인의 딱한 모습을 보다 못한 젊은 종이 조심스럽게 물었다.

"그 돈을 못된 유대인에게 건네주신 장소가 어디입니까?"

"호렙산 근처에 있는 넓직한 바위 위에서였네."

젊은 종은 주인에게 유대인의 성품과 기질, 습성 등을 물어, 그가 경솔한 자라는 사실을 파악한 다음, 그 지방 재판관을 찾아가 억울함을 호소하였다. 문제의 유대인이 소환되고 재판이 시작되자, 판사가 아라비아 상인의 종에게 물었다.

"증인들이 있는가?"

"모두 죽고 없나이다. 하지만 두 당사자가 마주 앉아 돈을 세던 넓직한 바위는 아직 남아 있나이다. 청컨대, 그 바위를 이리로 데려오라 분부를 내리소서. 바위가 진실을 아뢸 것입니다. 바위를 이곳으로 옮기는 데 소요되는 비용은 소인이 지불하겠나이다. 그 동안 저 유대인과 소인은 이곳에서 기다리겠나이다."

"좋도록 하라!"

판사가 어이없다는 듯 웃으며 그의 청을 받아들였다. 그러나 저녁나절이 되도록, 바위를 데리러 간 사람들이 돌아오지 않았다. 판사가 젊은 종에게 웃으며 물었다.

"자네의 바위는 아직 도착하지 않았는가?"

그러자 유대인이 냉큼 비아냥거리듯 대답하였다.

"판사님께서 내일까지 앉아 기다리신다 해도, 바위는 이곳에 도착하지 못할 것입니다. 이곳으로부터 그곳까지의 거리가 육 마일은 족히 되오며, 장정 열다섯이 한꺼번에 달려든다 하더라도 그 바위가 꿈쩍이나 할지 모르겠습니다."

그 순간 젊은 종이 재판관에게 아뢰었다.

"보옵소서! 바위가 증언할 것이라고 소인이 아뢰지 않았나이까? 그 바위가 어디에 있는지, 또 얼마나 큰지를, 이 유대인 스스로 밝혔으니, 그 바위 위에서 돈을 건네받았음을 시인한 것 아니오니까?"

그대가 원하는 만큼만 돌려주라

그 공평함과 지혜로움으로 인하여 전설적 인물이 되어버린 에스클라본이, 이탈리아 남부 항구도시 바리를 다스리던 때의 일이다.

당시 바리에 부유한 상인 하나가 있었는데, 그는 성지 순례길에 오르면서, 자기의 전재산 삼백 브장(십자군 원정 시절에 서유럽에서도 통용되던 비잔틴 화폐)을 절친한 벗에게 맡겼다. 그리고는 비장한 어조로 당부하였다.

"나는 이제 하느님의 은총을 찾아 먼 길을 떠나네! 만약 내가 영영 돌아오지 못할 경우, 내 영혼의 구원을 위해 이 돈을 써주시게. 그러나 기약한 날까지 내가 다행히 살아 돌아오면, 그대가 원하는 만큼 내게 돌려주게."

상인은 성지순례를 마치고 무사히 고향으로 돌아와, 친구에게 자기의 돈을 돌려달라고 하였다. 그러자 친구가 상인에게 태연히 말하였다.

"자네가 나에게 한 부탁을 다시 한 번 반복해보게."

상인은 떠날 때 친구에게 하던 말을 한 마디 한마디 상기시켰다. 그러자 친구가 상인에게 말하였다.

"그래, 그렇게 말했지! 자! 여기 십 브장이 있네. 나는 이 금액만 자네에게 돌려주길 원한다네. 나머지 이백 구십 브장은 내가 갖겠네."

상인이 그의 배신을 나무라며 화를 내자, 친구는 빙긋이 웃으며 자기에게는 아무 잘못이 없다고 하였다. 결국 두 사람은 에스클라본에게 판결을 요청하게 되었다. 쌍방의 진술을 묵묵히 다 듣고 난 다음, 에스클라본이 돈을 간직하고 있던 자에게 언명하였다.

"성지 순례에 올랐던 자에게 이백 구십 브장을 돌려주라. 그리고 순례자는 그대에게 십 브장을 돌려주어야 하리라. 그대들간에 맺어진 약정은 다시 말해 이러한 뜻이었느니라. 즉, '자네가 원하는 것을 나에게 돌려주어야 하리라.' 따라서 그대가 원하는 이백 구십 브장은 순례자에게 돌려주고, 그대가 원하지 않는 십 브장은 그대가 가져야 마땅하도다!"

김만 쐬었으니 소리만 들어라

알렉산드리아의 사라센 상인 거리에는 길가에서 음식을 만들어 파는 노점상인들이 많았다. 어느 날 아침, 노점상 화브라가 열심히 음식을 만들며 장사 준비를 하고 있었다. 그 순간, 손에 빵 한 조각을 든 거렁뱅이가 어슬렁거리며 다가오더니, 김이 무럭무럭 피어오르는 남비 위로 손을 쭉 뻗는다. 한동안 그렇게 빵에 김을 쐰 다음, 태연히 빵을 먹기 시작한다.

그날은 월요일, 아직 아침 개시도 하기 전인지라, 화브라는 거렁뱅이의 행위에 화가 치밀었고, 그리하여 돈을 내라고 그에게 윽박질렀다.

"나에게서 가져간 것의 값을 지불해야지!"

거렁뱅이가 응수하였다.

"당신의 조리대에서 김을 쐬었을 뿐이야!"

"무엇이든간에, 가져갔으니 그 대금을 지불하란 말이야!"

두 사람의 다툼은 좀체로 그칠 줄을 몰랐고, 싸움질의 원인 또한 전례가 없던 기이하고 까다로운 사안이라, 그 소문이 술탄에게까지 전해졌다. 술탄이 조정 신료들을 소집하여 사안을 심의케 하였다.

토론이 시작되었다. 음식에서 피어오르는 수증기는 음식점 주인의 소유로 간주할 수 없으며, 더구나 수증기 자체는 고정된 질량도 유익한 효능도 가지고 있지 않기 때문에, 그 대금을 지불하지 않아도 좋다는 주장이 먼저 개진되었다. 그러자 다른 편에서 그 주장을 반박하였다. 즉, 수증기는 음식에 수반되고 종속된 것이며, 음식으로 말미암아 생겼을 뿐만 아니라, 화브라의 직업이 상업이니, 그에게서 무엇을 취하든 그 대금은 반드시 지불하는 것이 관례에 합당하다는 것이다.

오랫동안 토론을 거듭한 끝에, 신료들은 드디어 다음과 같은 평결문을 술탄에게 상주(上奏)하였다.

화브라는 음식을 만들어 파는 것을 업으로 삼고 있으며, 다른 자는 음식을 사기 위해 그곳에 왔으니, 전하께서는 공의에 입각하시어, 물건에 합당한 가격을 차질없이 지불하도록 하명하시옵소서. 화브라는 그가 파는 음식 중, 가용한 부분을 고객에게 양도하고 가용한 돈을 받는 것이 상

레인 바, 이번 경우에는 음식 중 정묘하여 금방 사라지는 부분만을 팔았으니, 고객이 주화 한 잎을 두드려 그것에서 비롯된 소리를 상인에게 들려주면, 그것으로 대금 지불 임무는 완료된 것으로 볼 수 있겠나이다.

저도 현장에는 얼씬도 하지 않았나이다

어느 나으리 댁 하인들이, 자기들 중 겁쟁이로 소문난 까이예뜨의 귀를 굵은 말뚝에 못박아버렸다. 까이예뜨가 옴짝 달싹 못하고 말뚝에 붙어 서 있는데, 마침 출타했다 돌아오던 나으리가 그 딱한 모습을 발견하였다. 하인들의 짓이라는 사실을 듣고, 나으리는 배행(陪行)했던 마부를 시켜 하인들을 모두 불렀다. 그리고는 하인들 하나하나에게 차례로 묻기 시작하였다.

"너의 소행이냐?"

"아니옵니다!"

하인들은 하나같이 완강히 부인했다. 문초를 마친 하인들을 마부가 한쪽으로 세워놓고, 남은 사람은 이제 하인 하나와 까이예뜨뿐이었다. 나으리가 마지막 하인에게 물었다.

"너도 현장에 있었겠지?"

"아니옵니다, 나으리, 저는 근처에도 가지 않았습니다!"

이제 남은 사람은 까이예뜨 하나뿐이었다. 그는 나으리

가 자기를 문초할 차례라 생각하고 벌벌 떨기 시작하였다. 어찌나 두려웠던지, 자기의 귀가 말뚝에 박혔다는 사실조차 까맣게 잊었다. 그리고 나으리 앞으로 선뜻 나서며 아뢰었다.

"나으리, 저도 현장에는 얼씬도 하지 않았나이다!"

양치기 개와 직업변론사

소크라테스의 제자이며 부유했던 크리톤이 어느 날, 아테네에서는 마음 편히 생업에 종사할 수 없다며, 스승에게 고충을 털어놓았다.

"지금도 저를 상대로 소송질을 벌이고 있는 자들이 많습니다. 물론 제가 그들에게 무슨 잘못을 저질러서가 아닙니다. 그들은 제가, 성가신 일을 감당하기보다는 차라리 자기들이 요구하는 돈을 선선히 내놓는 편을 택하리라 생각하기 때문입니다."

그러자 소크라테스가 크리톤에게 제안하였다.

"여보게, 크리톤, 자네의 양떼를 늑대들로부터 보호하기 위하여, 자네는 개들을 잘 먹여 기르지? 개들을 잘 먹이는 것이 자네에게 더 큰 득이 되기 때문이지? 그렇다면, 자네에게 해를 끼치려 하는 자들을 물리칠 능력이 있고, 또 그러한 일을 기꺼이 하고자 하는 사람 하나를 잘 먹여 살리게!"

닭의 털을 열심히 뽑게

프랑스의 어느 농사꾼이, 자기 이웃사람과 이권을 다투던 끝에, 그를 상대로 소송질을 벌이게 되었다. 농사꾼은 그 지방에서 명성 높은 변호사를 찾아가 변론을 부탁하였다.

그런데, 농사꾼이 다녀간 지 채 두 시간이 지나지 않아, 그의 이웃사람이 그 변호사에게 달려와 역시 변론을 청하였다. 변호사는 그 사람의 청도 받아들였다. 그리고 뒤에 온 고객의 주머니가 더 두둑함을 간파한 변호사는, 다음날 농사꾼을 불렀다. 그리고 수임한 사건이 너무 많아 그의 변론을 맡을 수 없다고 하였다.

그리고 편지를 한 장 써서 농사꾼에게 주며, 그것을 가지고 자기의 친구를 찾아가보라 하였다. 자기의 친구 역시 유능한 변호사라는 것이다. 편지의 골자는 다음과 같았다.

토실토실한 육용 수탉 두 마리가 수중에 들어왔네. 그 중 더 살찌고 먹음직스러운 것을 남기고 다른 한 마리를 자네

에게 보내네. 열심히 털을 뽑게. 나도 내 닭의 털을 최선을
다해 뽑겠네.

만화경

촌놈일 뿐인데……

　어떤 사람이 앙앙불락하며 소크라테스에게 말하기를, 아무개가 자기의 인사에 답례를 하지 않았다고 했다. 그러자 소크라테스가 빙긋이 웃으며 반문하였다.

　"자네가 참으로 우스꽝스러운 사람이군! 미친놈을 만날 때 자네는 화를 내지 않지? 그런데 촌놈 하나를 만나고나서는 어찌 그리도 괴로워하는가?"

당나귀를 상대로 소송질을 벌일까

소크라테스가 삶의 지혜를 탐구하는 철인이 되기까지, 그는 다양한 분야에서 경험을 쌓았다고 한다. 부친의 가업을 물려받아 석공으로 일한 적도 있고, 친구인 에우리피데스(기원전 480~406년)와 함께 비극 작품을 쓰기도 했으며, 물리학자 아르켈라오스(?~기원전 5세기)의 제자가 되어 우주의 제현상을 공부하는가 하면, 아테네에서 수사학(궤변술)을 가르치기도 하였다 한다. 심지어 투기를 하여 돈을 벌기도 하고, 도박에 빠지기도 하였다는 이야기도 전한다.

그러나 세상의 모든 물리적 현상으로부터 시선을 인간의 내면으로 옮긴 이후부터는, 때와 장소를 가리지 않고 사람들과 열심히 대화하면서, 인간의 내면을 탐조하는 데에만 전념하였다. 광장에서건 장터에서건, 사람들에게 묻고 토론하는 것을 좋아했으며, 또 그것으로 소일하였다. 그는 토론이 격렬해질 때마다 주먹을 불끈 쥐고 삿대질을 하는가 하면, 자신의 머리카락을 쥐어뜯기도 하였다. 그 모습을 보고 사람들이 웃음을 터뜨려도 개의치 않았다.

　그러던 어느 날, 구경꾼들 중 하나가 그의 옆구리에 발길
질을 가했다. 그를 미친놈 취급했던 것이다. 하지만 그는 안
색 하나 변하지 않고 태연하였다. 곁에 있던 사람이 놀라며,
왜 그자를 고소하지 않느냐고 묻자, 소크라테스는 담담하게
반문하였다.

　"어떤 당나귀가 뒷발로 나를 걷어찼다고 가정해봅시다.
내가 그 당나귀를 고소해야겠는가?"

고운 말을 배우지 못한 모양이지요

소크라테스는 그의 특이한 언행으로 자주 구설수에 오른 것 같다. 특히 아리스토파네스(기원전 450년경~386년)가 그의 행적을 우스꽝스럽게 극화하며 (소크라테스를 실명으로 등장시킨 〈구름〉이라는 작품이 대표적인 예이다), 그를 헐뜯었다는 사실은 널리 알려진 바이다. 하지만 소크라테스는 언제나 제자들을 다독거리며 말하곤 하였다.

"그들이 지적하는 것이 진정 나의 단점들이라면, 그들이 나의 못된 버릇을 고쳐주려는 뜻이겠고, 그렇지 않다면 그들의 비난이 나와 무슨 상관인가!"

어떤 사람이 그에게 고해바쳤다.

"아무개가 당신에 대해 험한 말을 하고 다니더군요."

그러자 소크라테스가 담담히 대답하였다.

"아마 고운 말을 배우지 못한 모양이지요."

아무도 없네

    목욕탕에서 나오는 디오게네스를 보고 어떤 사람이 물었
다.

    "목욕탕이 붐비는가?"

    "그래, 무척이나 북적거려."

    잠시 후 만난 다른 사람이 그에게 물었다.

    "목욕탕에 사람이 많은가?"

    "아니, 아무도 없네."

털 뽑은 닭도 사람인가

어느 날 플라톤(기원전 428~348년)이 강연 도중, 인간을 '두 발로 걷는 깃털 없는 동물'이라 정의하였다. 청중이 그 말에 모두 고개를 끄덕였다. 그러자 디오게네스가, 서둘러 수탉 한 마리를 산채로 털을 홀딱 벗겨 사람들에게 보이며 소리쳤다.

"플라톤이 말한 인간이 여기에 있습니다!"

그러자 플라톤이 얼른 덧붙였다.

"그리고, 발톱이 넓고 납작한 동물입니다."

주인은 어느 문으로 드나드시나?

못된 심보로 소문 자자한 어느 내시가 화려한 저택을 새로 지었다. 그리고는 대문 위에 아름다운 글씨체로 현판 하나를 써서 걸었다.

착하지 못한 사람은 이 문으로 들어올 수 없노라!

현판을 물끄러미 바라보던 디오게네스가 그 집 하인에게 물었다.
"주인께서는 어느 문으로 드나드시는가?"

손 없는 병신이 되면……

어느 젊은 귀족이 의자에 걸터앉아 하인으로 하여금 자기의 신발을 신기게 하였다. 그 광경을 보고 디오게네스가 젊은 귀족에게 말하였다.

"하인이 자네의 코까지 풀고 닦아주지 않으니 못마땅하겠지? 하지만 너무 실망하지 말게. 자네가 손과 팔이 없는 병신이 되면 그렇게 해줄테니!"

사람보다 더 미련한 동물도 없다

디오게네스는 세속사의 대부분을 경멸하였다. 아테네 근교 아카데모스에서 플라톤이 열심히 행하던 교육을 시간 낭비라 했고, 웅변가(변론사)들을 멍청한 군중의 하인들이라 불렀다. 그가 어느 날 친구에게 말하였다.

"항해사들과 의사들과 철학자들을 바라보고 있노라면, 인간이 모든 동물들 중 가장 영리한 동물처럼 보인다네. 그러나 해몽가들, 예언가들과 그들의 추종자들, 즉 사제들과 신도들, 그리고 명성과 재물에 마음을 빼앗긴 자들을 보고 있노라면, 사람보다 더 미련한 동물도 없다는 생각이 든다네."

나더러 신발을 지으라고?

어느 날 알키비아데스(기원전 450년경~404년)가 스승 소크라테스의 궁색한 살림살이를 보다 못하여, 그에게 넓직한 집터를 주려 하였다. 그러자 소크라테스가 사양하며 이렇게 말하였다.

"내가 신발이 없다 해서 그대가 나에게 가죽을 가져다주며, 내 손으로 신발을 지어 신으라 했다고 가정해보세. 만약 내가 그 가죽을 받는다면 내 꼴이 우스꽝스럽지 않겠는가?"

메뚜기도 달팽이도 아테네 출신이다

안티스테네스는 트라케 출신의 하녀와 아테네 출신의 남자 사이에서 태어난 사생아였다. 그러한 이유로 많은 아테네 사람들이 그를 멸시하였지만, 그가 펠로폰네소스 전쟁 중 타나그라 전투에서 보여준 용맹을 기리어 소크라테스는, '아테네 출신의 부부라도 저러한 남아를 탄생시킬 수는 없다'고 하였다.

자신들이 아테네 출신임을 자랑하며 오만하게 굴던 사람들을 비웃으며, 안티스테네스가 이렇게 반격하였다.

"그대들이 메뚜기나 달팽이보다 더 고귀한가? 메뚜기나 달팽이도 아테네 출신인데……."

오만은 아직 토하지 않았나

안티스테네스는 플라톤이 너무 허세를 부린다고 그를 야유하곤 하였다. 어떤 축제에서 의장마가 엉덩이를 일기죽거리며 거드름을 피우는 꼴을 보고, 안티스테네스가 웃으며 플라톤에게 말하였다.

"여보게 플라톤, 자네가 저 으스대는 말을 흉내내면 참 멋있겠어!"

또한 그가 어느 날, 병석에 누워 있는 플라톤을 보러 왔다. 병세를 진단하기 위하여 환자가 토해놓은 것을 한동안 유심히 살피던 그가, 환자에게 말하였다.

"담즙은 선명히 보이는군! 그런데, 자네의 오만은 보이지 않네그려. 그것은 아직 토하지 않았나?"

내 몸에서 나왔다고 해서 다 내 자식인가

아리스티포스가 자기의 아들을 버렸다고 사람들이 그를 비난하였다. 행실이 좋지 못한 아들이었던 모양이다. 그러자 아리스티포스가 다음과 같이 반박하였다.

"가래와 콧물, 신물, 고름, 온갖 점액이나 벼룩 등도 모두 우리의 몸에서 나온다. 그대들 역시 그 사실은 잘 알 것이다. 하지만 그것들이 아무 쓸모 없기 때문에, 우리는 그것들을 서둘러 떨쳐버린다."

자네 없이도 행복하게 살 수 있다네

알렉산더 대왕(기원전 356~323년)의 매제이며 왕의 최측근 장군이었던 페르카디스는 야심 가득하고 혹독한 사람이었다. 그가 부하 한 사람을 보내 디오게네스를 청하며, 만약 부름에 응하지 않으면 죽이겠다고 협박하였다. 그러자 디오게네스가 다음과 같은 회신을 보냈다.

협박 치곤 너무 약하군요. 이집트인들이 신성시하는 그 독풍뎅이나 독거미 따위도 저를 죽일 수 있으니 말입니다. 왜 이렇게 저를 협박하시지 않았는지 모르겠군요. "자네 없이도 나는 행복하게 살 수 있다네!"

그대들 역시 개야

디오게네스는 사람들의 왕래가 빈번한 아테네의 광장 한 구석에 털썩 앉아 식사를 하는 경우가 많았다.

"광장에 앉아 있다 해서 시장하지 않은가?"

"먹는 행위 자체가 나쁜 짓이 아닐진대, 광장에서 먹건 집 안에서 먹건, 무슨 차이가 있단 말인가?"

그는 사람들의 야유에 항상 그렇게 응수하곤 하였다.

어느 날 그는, 광장 한구석에 앉아, 동냥주머니에서 음식을 꺼내 천천히 먹기 시작하였다. 사람들이 몰려들어 그의 주위에 둘러서서 구경하며, 그를 개라고 놀려댔다. 그러자 디오게네스가 빙긋이 웃으며 응수했다.

"내가 먹을 것을 꺼내놓자마자 내 주위에 우르르 몰려들었으니, 그대들 역시 개들임에 틀림없군!"

제가 비록 노예라도 제 명령에 복종하셔야 합니다

어느 날 에기나 섬으로 가던 배가 해적들을 만나, 배에 타고 있던 승객들이 모두 크레타 섬으로 끌려갔다. 그들 중에 디오게네스도 끼어 있었고, 그 역시 다른 승객들과 함께 노예 시장에서 팔려갈 신세가 되었다. 호객꾼이 디오게네스에게 묻기를, 할 줄 아는 게 무엇이냐고 하였다. 그러자 디오게네스가 서슴지 않고 대답하였다.

"명령은 내릴 줄 알지!"

그리고는 화려하게 차려입은 코린토스 사람을 손가락으로 가리키며 말했다.

"나를 저 사람에게 팔게. 보아하니 상전이 하나 필요한 젊은이야."

코린토스에서 온 젊은이가 그를 선뜻 샀고, 그러자 디오게네스는 크세니아데스라는 그 젊은이에게 말하였다.

"제가 비록 노예라 할지라도 저의 명령에 복종하셔야 합니다. 의사나 항해사가 노예라 할지라도 그들의 지시에 따라야 하는 것과 같은 이치입니다."

크세니아데스는 그의 말을 따랐고, 자식들의 교육을 그에게 일임했으며, 그를 집사로 삼았다. 디오게네스는, 교육은 물론, 그 집안의 살림을 빈틈없이 꾸려나갔다. 크세니아데스가 모든 사람들에게 자랑하였다.

"우리 집에 착한 정령이 들어왔어!"

사자는 노예가 아니라네

디오게네스가 코린토스에서 노예 생활을 하고 있다는 소문이 아테네에 퍼졌다. 친구들은 서둘러 돈을 모아, 그의 몸값을 지불하고 그를 해방시켜 주려고 하였다. 그러자 그가 친구들에게 말하였다.

"사자는 자기에게 먹이를 주는 사람들의 노예가 아니라네. 사자에게 먹이를 주는 사람들이 노예이지. 두려워하는 자가 진정한 노예인데, 사자는 사람들에게 두려움을 안겨주니 말이야."

광대임에 틀림없군

후레데릭 대왕이 밀라노를 포위하고 있던 어느 날이었다. 황제가 아끼던 참매가 그의 손아귀를 벗어나 성 안으로 날아 들어갔다. 황제는 사신을 보내 매를 돌려달라고 하였다. 밀라노의 대신들은 매를 돌려줄 것인가 말 것인가 하는 문제를 놓고 갑론을박하였다. 하지만, 아무리 적이라 하여도, 황제에게 매를 돌려주는 것이 예의에 부합한다는 의견이 지배적이었다. 바로 그 순간, 백발 성성한 노인이 단상에 올라 힘차게 말하였다.

"아! 저 참매 대신에 황제가 이곳에 들어왔다면, 그가 우리 밀라노에 행한 짓을 후회하게 만들어주련만! 제공께 내 생각을 말씀드리건대, 참매를 돌려보내지 않는 것이 좋겠소."

빈 손으로 돌아온 사신이 성 안에서 있었던 일을 황제에게 고하였다. 그러자 황제가 사신에게 물었다.

"뭐라고? 밀라노에 감히 나의 뜻을 거역하려는 자가 있단 말이냐? 그자가 도대체 누구란 말이냐?"

"폐하, 어떤 늙은이었나이다."

"믿을 수 없도다! 나이 든 자가 그러한 추태를 보이다니! 그의 생김새와 복색이 어떠하더냐?"

"백발에 줄무늬 옷을 입고 있었나이다."

그러자 자존심에 상처를 입은 황제가 나지막하게 중얼거렸다.

"그럴 수 있겠군. 줄무늬 옷을 입었다니 광대임에 틀림없군!"

저승에 가서 돌려줄 매

인도의 어느 번화한 거리에서 있었던 일이다. 다른 사람들을 대신하여 매를 맞아주며 몇 푼씩 받아 살아가는 탁발승 하나가, 원숭이처럼 발가벗기고 온몸이 묶인 채 땅바닥에 엎어져, 매를 맞고 있었다. 그 광경을 구경하던 사람들이 몇 푼씩을 던져주며 말했다.

"참으로 숭고한 희생이야! 쯧쯧!"

그러자 탁발승이 얼굴을 쳐들어 구경꾼들을 노려보며 응수했다.

"희생이라고? 천만에! 내가 이승에서 매를 맞는 것은, 저승에서 당신들은 말이 되고 나는 기사가 되었을 때, 여기서 맞은 매를 당신들에게 돌려주기 위함이야!"

내가 구걸하는 것은 돈이오

마드리드 성문 밖 길가에서 어느 거지가 구걸을 하고 있었다. 그런데 거지의 모습에서 주눅든 기색이라고는 전혀 찾아볼 수 없고, 오히려 당당함과 의연함마저 느껴졌다. 그가 지나가던 사람에게 구걸을 하자, 행인이 그에게 나무라듯 말하였다.

"일을 할 수 있을 만큼 멀쩡한 사람이 비루하게 구걸을 하고 있으니, 도대체 수치스럽지도 않으시오?"

그러자 구걸꾼이 아니꼽다는 듯 행인을 비스듬히 흘겨보며 대꾸하였다.

"여보시오 나으리, 내가 구걸하는 것은 돈이지, 그 따위 말도 안 되는 충고가 아니오!"

상을 받지 않도록 처신해야 한다

"모든 상은 불행을 초래한다. 학술원상, 미덕을 기리는 상, 온갖 훈장 등, 이 모든 악마의 발명품들이 위선을 고무시키고 자유로운 심정의 자발적인 도약을 냉각시킨다……공식적인 상에는 인간 및 인간성에 상처를 주며, 염치를 무디게 하는 그 무엇이 있다."

이 상은 보들레르(1821~1867년)가 한 말이다. 즉, 상이라는 것이 인간성을 타락시키는 악마와 같다는 것이다.

작곡가 에릭 사티(1866~1925년)는, 상에 대한 부정적 견해를 보들레르보다 더욱 명시적이고 해학적으로 피력하였다.

"레지옹 도뇌르 훈장을 사양하는 것만으로는 충분치 않다. 그 상이 자기에게 수여되도록 처신하지 말아야 한다."

납으로 만든 칼이 부끄럽지 않은가

끌밋하게 잘 생긴 청년 하나가 사람들 앞에서 뒤죽박죽 수다를 떨고 있었다. 디오게네스가 그에게 다가가 조용히 말하였다.

"상아를 깎아 만든 칼집에서 자네는 기껏 납으로 만든 칼이나 쉴새 없이 뽑고 있네. 부끄럽지 않은가?"

한 마디도 듣지 않은 걸요

어느 수다쟁이가 아리스토텔레스 앞에서 머리가 터질 지
경으로 시끄럽게 잡담을 늘어놓은 다음, 뒤늦게 예의를 차
리며 그에게 물었다.

"제가 너무 수다를 떨어 불쾌하지나 않으셨는지요?"

그러자 아리스토텔레스가 담담한 어조로 대꾸하였다.

"천만에요! 당신의 말은 한 마디도 듣지 않은 걸요!"

침묵도 악일 수 있다

테오프라스토스(기원전 372~287년)의 본명은 티르타노스였는데, 능란한 말솜씨가 신들의 언사(Theo+phrastos)와 같다 하여, 그의 스승 아리스토텔레스가 테오프라스토스라는 별명을 지어주었다. 하지만 그는 절도 잃은 언사를 몹시 경계하였다. "뒤죽박죽 무절제하게 지껄이는 것은, 고삐 없는 말에 자신의 몸을 맡기는 짓보다 더 위험하다." 그가 항상 하던 말이다.

하지만 그가 침묵만을 강요한 것은 아니다. 어느 날, 연회석에서 어느 젊은이가 시종 입을 봉하고 있자, 그가 젊은이에게 말하였다.

"참 잘하는 일이야, 자네가 진정 무식하다면! 그러나 큰 잘못을 저지르는 것일세, 자네가 무엇을 좀 배웠다면."

취중에 잉태시킨 자식

크리톤(소크라테스의 제자)의 제자로 알려진 아리스톤(?~기원전 270년경)은 언변이 뛰어났고, 그리하여 어떤 때는 말을 함부로 하거나 너무 서두르기도 하였다. 크리톤이 어느 날 그를 이렇게 나무랐다.

"자네의 부친께서 자네를 잉태시키실 때, 몹시 취하셨던 게 틀림없네!"

귀가 둘이고 입이 하나인 이유

제논(기원전 335~264년)은 페니키아 거상의 아들로, 아테네에 와서 키니코스 학파(견유학파) 철학자인 크라테스(기원전 336~286년경) 등의 문하에서 수학하였고, 스토아 철학의 초석을 놓은 사람이다. 그가 참석한 어느 모임에서, 젊은이 하나가 쉬지 않고 입을 나불거렸다. 그 입에서 나오는 것이라야 기껏 멍청한 소리뿐이었다. 참다 못한 제논이 좌중을 향해 큰소리로 말하였다.

"우리의 귀는 둘인데 왜 입은 하나인지를 오늘에야 알게 되었소. 많이 듣고 적게 말하라는 뜻임을 이제야 깨달았소."

산채로 먹히느니……

"선량한 시민과 악랄한 시민을 더 이상 구분할 수 없게 되었을 때, 그 나라는 이미 파멸의 길로 들어선 것이다."

안티스테네스의 말이다. 따라서 그러한 나라에서는 칭찬을 듣는 것 자체가 수치일 수도 있다. 안티스테네스가 어느 날 사람들로부터 칭송을 듣게 되었다. 그가 홀로 탄식하였다.

"내가 차라리 바보 같은 짓이나 저지를 걸!"

혹은 이렇게 말했다고도 한다.

"내가 또 무슨 못된 짓을 저질렀단 말인가!"

또한 그러한 나라에서 듣는 칭송은 대개의 경우 아첨이다. 그 아첨이 얼마나 무서운 것인지를 안티스테네스는 다음과 같이 경고하고 있다.

"아첨꾼들에게 걸려드는 것보다는 차라리 갈까마귀 떼에 걸려드는 편이 낫다. 갈까마귀들은 우리가 시신이 되기를 기다려 먹지만, 아첨꾼들은 우리를 산채로 먹기 때문이다."

어떤 짐승에게 물리는 것이 가장 치명적인가

어떤 사람이 디오게네스에게 물었다.

"어떤 짐승에게 물리는 것이 가장 치명적인가요?"

디오게네스가 서슴지 않고 대답하였다.

"야수들 중에서는 밀고자의 이빨이 가장 치명적이고, 가축들 중에서는 아첨꾼의 이빨이 가장 무섭지요."

모든 왕들의 운명이 그러하다네

어느 날 젊은 제자가 안티스테네스에게 알려주기를, 플라톤이 그를 험담하며 다닌다고 하였다. 그러자 안티스테네스가 한숨을 지으며 말하였다.

"언사와 처신이 올곧으면 질시와 비방을 면할 수 없는 법, 그것이 선정을 편 모든 왕들의 운명이라네!"

자네 이웃이 큰 행운을 잡았나

아카데모스 학파의 일원이며 스키티아 출신 철학자였던 비온(기원전 2세기 말)이, 어느 날 질투심 많기로 소문난 자를 만났다. 그런데 그 시새움덩어리가 몹시 처량한 기색을 하고 있는 것이다. 비온이 빙긋이 웃으며 그에게 말하였다.

"내가 자네를 위로해야 할지 그러지 말아야 할지, 몹시 난감하네. 자네에게 큰 불행이 닥친 것인지, 혹은 자네 이웃이 큰 행운을 잡은 것인지, 알 수 없기 때문이야!"

무슨 일이 닥칠지 누가 알겠습니까

프랑스에서 이탈리아의 문물이 한창 유행이던 시절(15~16세기), 프랑스의 어느 수도원장이 영리한 원숭이 한 마리를 기르고 있었다. 그 원숭이가 어찌나 영리한지, 사람들의 말을 알아들을 뿐만 아니라, 남녀와 노소는 물론 지혜로운 사람과 우둔한 사람을 분별할 줄 알았고, 심지어 여장을 하고 아가씨들 사이에 섞여 있는 시동을 정확히 가려낼 줄도 알았다.

원숭이를 지극히 아끼고 사랑한 나머지, 수도원장은 원숭이에게 인간의 말을 가르치기로 결심하였다. 그리하여 원숭이의 선생을 백방으로 물색하던 중, 어느 날 잘생긴 이탈리아 청년 하나가 나타났다. 그가 수도원장에게 호언장담하기를, 이미 전에도 원숭이에게 성공적으로 말을 가르친 적이 있다고 하였다. 수도원장의 기쁨은 이루 형언할 수조차 없었다. 일찍이 어느 귀족이나 제왕도 이루지 못한 일을, 자기가 드디어 이룰 수 있게 되었다는 생각 때문이었다.

"원숭이가 말을 하려면 시일이 얼마나 걸리겠는가?" 수도원장이 물었다.

"여섯 해면 족합니다. 다만 그 동안에는 원숭이를 전적으로 저에게 맡겨주십시오. 특별한 음식과 환경이 절대적인 교육 여건입니다."

"그렇게 하시게. 그리고 경비는 얼마가 들든지 상관하지 않겠네."

수도원장은 쾌히 승낙하며 원숭이와 묵직한 금화 주머니를 청년에게 건넸다. 얼마 후, 그 소문을 들은 이탈리아 사람들이 청년에게 달려와, 청년의 엉뚱한 짓을 나무랐다.

"우리 이탈리아 사람들에 대해 프랑스인들이 겨우 호감을 갖기 시작한 차제에, 자네가 그 터무니없는 수작으로 우리의 신용을 추락시키려는가?"

그러자 청년이 웃으며 태평스럽게 대꾸하였다.

"제 생각을 말씀드릴까요? 모두들 제 의중을 눈치채지 못하셨군요. 여섯 해라는 세월이 곧 돈이며 안전 장치입니다. 여섯 해가 흐르는 동안 무슨 일이 닥칠지 누가 알겠습니까? 그 동안에 수도원장이나 원숭이가 죽거나, 혹은 제가 죽을지도 모르는 일입니다."

아름다운 용모란

소크라테스 : 치세가 얼마 가지 못하는 폭군이다.

디오게네스 : 어떠한 추천서보다도 탁월한 지지대다.

플라톤 : 자연이 베푼 특권이다.

아리스토텔레스 : 신들이 주신 선물이다.

테오프라스토스 : 말 없는 거짓말이다.

카르네아데스 : 근위대 없는 왕권이다.

그 잘난 얼굴을 어찌 더러운 물에 비춰보겠는가

자신의 용모가 수려하다고 믿으며 항상 외양 꾸미기에 여념이 없던 젊은이가 있었다. 어느 날 그가 길을 가던 중 지저분한 물웅덩이 하나를 만났다. 그는 선뜻 그것을 건너 뛰지 못하고 그 앞에서 주춤거렸다. 그 꼴을 보고 제논이 그에게 말하였다.

"자네의 눈에 그 흙탕물이 못마땅하게 보이는 것은 당연하지! 그 더러운 물에다가는 자네의 잘난 얼굴을 비춰볼 수 없을 테니까!"

벗들이 수난당하는 모습을 바라보는
괴로움이나마 면해야지

우정이란 것에 대해 어떻게 생각하느냐고 어떤 사람이 아리스티포스에게 물었다. "하늘이 주신 선물들 중 가장 아름다우며 동시에 가장 위험한 것이지! 지극히 감미로우나 그 부침(浮沈)이 몹시 두렵다네."

그렇게 대답한 다음, 그는 소크라테스가 처형되던 때의 일을 술회하였다.

"소크라테스 사부님께서 사형 언도를 받으시고 한 달 동안 감옥에 계시던 무렵, 우리 제자들에게는 면회가 허용되었네. 당시 나는 아테네에서 별로 멀지 않은 에기나 섬에 있었으되, 사부님을 뵈러 가지 않았네. 내가 사부님을 위해 아무 일도 할 수 없었기 때문이지. 그리고 사부님이 돌아가신 후, 나는 흔들리지 않는 원칙 하나를 세워 지금까지 따른다네. 그 원칙이란, 불행에 처한 벗들을 도울 뾰족한 수가 없을 때에는, 벗들이 수난당하는 모습을 바라보는 괴로움이나마 면해야겠다는 것이라네."

모처럼 포식할 수 있으련만

굶주림을 견디다 못한 걸인이, 항상 그림자처럼 그를 따라다니던 유일한 벗, 즉 자기의 개를 삶아 먹었다. 마지막 살점을 삼키고 난 그는, 앞에 수북히 쌓인 뼈다귀를 바라보며 슬피 탄식하였다.

"아! 가엾은 멍멍이! 지금 여기 있으면 모처럼 포식할 수 있으련만!"

싸움꾼들에게 상을 주다니……

스키티아의 전설적인 현인 아나카르시스가 그리스에 온 것은 기원전 588년경이라고 한다. 그리스의 문물을 처음 접하며 경이감에 사로잡힌 아나카르시스를 특히 놀라게 한 것은 레슬링 경기였다. 벌거숭이가 되어 온몸에 올리브 기름을 번들번들 바른 다음 맹렬하게 싸우는 것을 보고, 아나카르시스가 곁에 있던 사람에게 말하였다.

"기름이 사람을 미치광이로 만드는 모양이군요. 몸에 기름을 바르자, 두 사람이 즉시 서로에게 맹렬히 달려드는 것을 보니……."

얼마 후, 즉 그리스 물정에 다소 익숙해진 후, 그는 다른 그리스 사람에게 다음과 같이 소회를 털어놓았다.

"그리스에서는 폭력을 법으로 금하고 있는데 상대방에게 주먹질을 가한 사람에게 상을 주다니, 도무지 모를 일입니다."

어찌 황소와 힘겨루기를 하겠는가

에스빠냐 남부 안달루시아 지방 태생으로 젊은 시절 로마에 와서 스토아 철학을 공부한 세네카(기원전 4년~기원후 65년)는, 네로 황제(37~68년)의 사부였고, 또 황제의 명령에 따라 자살로 의연히 생을 마감한 것으로 유명하다. 철저한 스토아 철학자이면서도 호사스러운 생활을 마다하지 않던 그였건만, 사람들이 스포츠에 지나치게 몰입하는 것은 경계하였다. 그는 루킬리우스라는 친구에게 보낸 편지에서 다음과 같이 말하였다.

"친애하는 루킬리우스, 교양 있는 사람이 끊임없이 자기의 팔에 노역을 부과하고, 목덜미 근육이나 부풀리며, 가슴을 실하게 단련하는 것으로 소일함은 옳지 않네. 그대의 근육이 아무리 실하다 해도, 그대가 어찌 커다란 황소와 힘겨루기를 할 수 있겠는가!"

오직 신들만이 알고 계시니까……

디오게네스가 어느 날 여러 사람들이 모인 곳에서 구걸을 하고 있었다. 그곳에는 마침 돈을 헤프게 쓰기로 소문난 젊은이도 있었다. 디오게네스는 이 사람 저 사람에게 일 오볼로스(1/100드라크마)만 달라고 하더니, 그 젊은이에게는 일 므나(100드라크마, 즉 10,000오볼로스)를 요구하였다. 젊은이가 놀라며, 왜 자기에게만 그토록 큰 금액을 요구하느냐고 물었다. 그러자 디오게네스가 태연히 대답하였다.

"다른 사람들은 앞으로도 여러 차례 나에게 돈을 주리라 믿네. 하지만 자네의 경우는 다르지. 내가 다음에도 자네로부터 도움을 받을 수 있을지 여부는 오직 신들만이 알고 계시니까!"

남의 재산처럼 아낀다

어느 날 비온이 부유한 노랭이에게 말하였다.

"그대가 재산을 소유하고 있는 것이 아니라, 재산이 그대를 소유하고 있네⋯⋯. 노랭이들은 자기들 수중에 있는 재산이 정말 자기들의 것인 양 정성껏 돌보지. 그리고 그것을 쓸 때에는, 그것이 진정 다른 사람들의 것인 양 아끼지!"

그대의 펜이 나보다 더 후해서야……

십자군 전쟁이 한창이던 시절, 시리아와 이집트를 통치하던 술탄 살라딘(1138~1193년)은 용맹하고 관대하여, 서유럽 기사들 사이에서도 그 명성이 높던 군주이다. 어느 겨울날, 어떤 사람이 온실에서 기른 장미꽃 한 바구니를 술탄에게 바쳤다. 선물을 받고 감동한 술탄은 이백 브장을 그 사람에게 하사하겠다며, 왕실 재정관에게 명하여 즉시 어음을 끊게 하였다.

술탄 앞에서 어음을 끊던 재정관이, 너무 긴장했던 탓인지, 이백 브장이 아닌 삼백 브장으로 기재하였고, 그리하여 즉시 고쳐 기재하려 하였다. 그러자 술탄이 그에게 말하였다.

"아닐세, 그럴 것 없네. 사백 브장짜리로 다시 끊게. 펜이 나보다 더 후하다는 소문이 퍼져서야 되겠는가!"

공중에 남은 돈만 하느님의 몫

　서로 다른 세 종파의 사제들이 흉금을 털어놓고 조용히 대화를 나누고 있었다. 랍비 한 사람과 목사, 그리고 가톨릭 사제가, 헌금 사용 방법을 두고 이야기를 하는 중이었다.

　먼저 가톨릭 사제가 비밀을 털어놓았다.

　"제 방법은 아주 간단합니다. 저는 땅바닥에 원을 하나 그린 다음, 들어온 헌금을 몽땅 공중으로 던집니다. 그런 다음, 원 안에 떨어진 것은 하느님 몫으로 남기고, 원 밖에 떨어진 것만을 제가 씁니다."

　그러자 목사가 자기의 방법을 소개하였다.

　"제 방법도 거의 비슷합니다. 저는 땅바닥에 직선을 하나 그은 다음 돈을 공중으로 던집니다. 그런 다음, 직선 오른편에 떨어진 것은 하느님께 바치고, 왼편에 떨어진 것은 제 몫으로 삼습니다."

　두 사람의 이야기를 묵묵히 듣고 있던 랍비가 빙긋이 웃으며 말했다.

"제 방법은 두 분의 방법처럼 그리 복잡하지 않습니다. 저는 땅바닥에 원이나 직선을 그리지 않고, 돈을 몽땅 공중으로 던집니다. 땅바닥으로 다시 떨어지는 것은 모두 제 주머니에 넣고, 공중에 남아 있는 것만을 하느님께서 간수하시고자 하는 돈으로 여깁니다."

예수의 식사비

　어느 날 랍비 두 사람이 교황 뵙기를 청하더니, 교황 앞에 아주 오래된 판화 한 점을 불쑥 내밀었다. 남자 열두엇이 긴 탁자에 둘러앉아 있는 그림이었다. 랍비들이 물었다.
　"이 그림이 무엇인지 혹시 아십니까?"
　"물론이지요! 예수님과 사도들, 그리고 저의 전임자이신 성 베드로께서 최후로 함께 식사를 하시던 장면 아닙니까?"
　"교황 성하의 전임자께서도 분명 이 그림 속에 계십니까?"
　"그렇소. 하지만 그건 왜 물으시오?"
　"오늘 저희들은 청구서를 가지고 왔습니다. 잘 아시다시피, 이 그림 속에 계신 분들께서는 식사비를 지불하지 않고 그냥 가버리셨습니다!"

청구서는 저의 매형에게 보내시지요

어느 농사꾼이 마을 사제를 찾아갔다.

"죽은 제 아내를 위해 미사를 올려주십시오. 하지만 무료로 해주시면 좋겠습니다." 사제가 펄쩍 뛰었다.

"아니 되겠네! 우리 교구의 형편이 너무 어렵다네. 집안에 혹시 자네를 도와주실 만한 분이 아니 계신가?"

"누님이 한 분 계시기는 하지만…… 신세가 잘못 되어서……."

"잘못 되었다니, 어찌 되었길래?"

"오! 사제님, 수녀가 되어버렸답니다."

"이 사람아, 어찌 그런 말을 입에 담을 수 있는가? 수녀가 되었다는 것은 하느님의 은총을 입었다는 뜻일세. 자네의 누님은 우리 모두의 주인이신 예수 그리스도를 남편으로 맞아들이셨네!" 그러자 농사꾼이 반가운 듯 사제에게 서둘러 말하였다. "아! 그래요? 그러면 먼저 미사를 올려주시고, 그 비용 청구서는 저의 매형에게 보내시지요."

경건한 상인

식료품 상점 주인 아브라함이 맏아들을 불러 물었다.

"애야, 우유통에 물은 부었느냐?"

"예, 아버지!"

"설탕 포대에 석회도 부어 잘 섞었고?"

"예, 아버지!"

"제비콩 자루에 자갈도 잘 넣었고?"

"예, 아버지! 감쪽같이 버무려놓았어요."

"잘했다! 이제 우리 모두 함께 저녁 기도를 드리자꾸나!"

후레아들놈, 주둥이 닥치거라

밤이나 낮이나 술에 취해 사는 거지 하나가 어느 날 성당에 들러, 성모 마리아 상 앞으로 다가가서 말하였다.

"성처녀시여, 가난한 사람들을 위해 쓸 연보함의 돈을 한 푼 가져가서, 당신의 건강을 기원하며 한 잔 마셔도 되오리까?"

물론 마리아 상이 그 말에 대꾸할 리 없고, 녀석은 그 침묵을 승낙의 뜻으로 여겨, 연보함에서 몇 푼을 가져갔다. 그이후 두어 주일 동안, 거지는 매일 한 차례씩 성당에 들렀고, 녀석의 수작을 성당지기가 알게 되었다. 그러나 성당지기는, 거지를 완력으로 내쫓지 않고 버릇을 고쳐줄 계책을 생각하였다.

다음날 역시, 술꾼은 주저함 없이 마리아 상 앞으로 다가가 친근하게 말을 건넸다.

"마리아님, 그간 안녕하셨습니까? 이제는 저를 잘 아실 테니까, 사연은 말씀드리지 않고 먼저 감사드리겠습니다.

오늘도 한 푼 가져가서 마리아 님의 건강을 빌며 마시겠습니다!"

그때, 마리아 상 뒤에 숨어 있던 성당지기가, 어린아이의 음성으로 거지 술꾼에게 말하였다. 마리아의 품에 안겨 있는 아기 예수의 말로 믿게 하려는 의도였다.

"안돼! 그건 나쁜 짓이야!"

그러자 술꾼 녀석이 고개를 쳐들고 게슴츠레한 눈으로 아기 예수를 잠시 바라보더니, 버럭 소리를 질렀다.

"오! 너로구나, 후레아들놈, 너에게는 아무것도 요구하지 않았어! 성스러우신 너의 모친께서 말씀하시도록, 너는 주둥이 닥치고 있어!"

목숨이 걸린 짓이군

　어느 미치광이 하나가 자신의 목을 매달기로 비장한 결심을 하였다. 그는 대들보에 밧줄을 건 다음, 올가미를 지어 자신의 머리를 그 속으로 밀어넣었다. 그리고는 자신의 몸을 허공에 내맡겼다. 그 순간 밧줄이 툭 끊어졌다. 그의 몸뚱이가 땅바닥에 나뒹굴었다. 그가 부스스 일어서며 중얼거렸다.

　"제기랄! 못해먹을 짓이군! ……목숨이 걸린 짓이군!"

아직 나으리의 이야기는 하지 않았나이다

중세의 유랑시인(악사)들이란, 기사들이나 기타 부유한 사람들의 잔치에 참석하여, 노래나 풍자적 객담으로 여흥을 돋우어주던 가난한 떠돌이들이었다. 그러한 유랑시인 하나가 어느 날 시칠리아에 이르러, 기사들과 함께 식탁에 앉게 되었다. 식사를 시작하기 위하여 모두들 손을 씻으려는데, 어느 기사가 유랑시인에게 조롱하듯 말하였다.

"자네는 손을 씻을 것이 아니라, 자네의 입을 씻어야 할걸세!"

유랑시인들의 날카롭고 때로는 혹독한 풍자를 못마땅하게 여기던 터라, 기사는 그들이 항상 남의 험담이나 더러운 일만 입에 담는다는 뜻으로 한 말이다.

그러자 유랑시인이 즉각 응수하였다.

"나으리, 아직 나으리에 대해서는 아무 말도 안 하였나이다!"

자네를 닮은 사람들이 많은 덕분이지……

오늘날에는 문인들의 이야기나 노래(시)가 책으로 엮여 거대한 시장을 형성하며, 그 덕분으로 문인들 중에는 큰 부를 거머쥐는 사람들도 생기게 되었다. 그러나 오늘날의 전업작가에 해당하는 서양의 유랑시인들은, 연회석이나 장터 혹은 광장에서 노래를 지어 부르거나 감동적인 이야기를 여러 사람들에게 들려주고, 청중들이 던져주는 몇 잎 푼돈으로 생계를 삼았다. 그들은 요즈음의 날품팔이들과 별 다름이 없었고, 따라서 중세 프랑스의 유랑시인들 중에는 자신들을 매춘부에 비유하는 사람들도 있었다.

그 시절 이탈리아에 마르코 롬바르도라는 뛰어난 유랑시인이 있었다. 이야기 솜씨가 뛰어날 뿐만 아니라, 성품 또한 고결하고 의연한 사람이었다. 어느 해 겨울, 성탄절 무렵, 사람들은 거지들과 유랑시인들에게 옷과 음식을 나누어주었다. 그러나 마르코는, 해박한 지식과 뛰어난 이야기 솜씨에도 불구하고, 옷 한 벌 얻지 못하였다. 처량한 심정으로

거리를 헤매던 그가, 저질 이야기나 늘어놓으며 무지하고 비루하기로 소문난 다른 유랑시인과 우연히 마주쳤다. 녀석이 우쭐거리며 마르코에게 물었다.

"어찌 된 일인가, 마르코? 나는 옷을 일곱 벌이나 받았는데, 자네는 단 한 벌도 얻지 못하다니! 자네가 나보다 훨씬 뛰어나고 박식하다는 사실을 모르는 이 없는데! 혹시, 자네가 왜 아무 것도 얻지 못했는지 알고 있는가?"

그러자 마르코가 태연히 대답하였다.

"물론이지! 자네는 자네를 닮은 사람들을 많이 만난 반면, 나는 나를 닮은 사람을 만나지 못한 것뿐일세."

저 오만상을 찌푸리고 있는 사람은 누구입니까

처음 빠리에 온 페르샤 청년이, 어느 호화로운 만찬석상에서 옆사람에게 조용히 물었다.

"귀찮게 해드려 죄송합니다만, 우리 맞은편에 지저분한 옷차림을 하고 앉아, 오만상을 잔뜩 찌푸리고 여타 사람들과는 전혀 다른 언어를 구사하는 저 사람은 누구입니까? 게다가 저 사람은, 말을 하기 위해 기지를 동원하지 않고, 기지를 뽐내기 위해 말을 하는 것 같습니다."

"흔히들 시인이라고 부르는 사람인데, 인간들 중 가장 기괴하고 우스꽝스러운 종자이지요. 그들은 자기들이 애초부터 그렇게 태어났다며 자랑스러워하지요. 그것은 옳은 말입니다. 그들이 평생 그 상태로 남아 있을 테니까요. 다시 말해, 가장 우스꽝스럽고 쓸모없는 자들로 남을 테니까요. 사람들 또한 그들을 용서하지 않습니다. 그들에게 사정없이 조롱을 퍼붓지요. 저 사람은 굶주림을 못 이겨 이 댁에 들어와 기생하게 되었습니다. 어떤 사람에게도 선의와 예의를 거절하지 않는 이 댁 주인 내외분께서 그를 후하게 대접하십니다. 게다가, 저 사람이 주인 내외분의 결혼 축가를 지었답니다. 저 사람이 평생 쓴 글들 중 가장 성공한 것이지요. 왜냐하면, 그가 축가에서 예언했던 대로, 공교롭게도 두 분의 결혼 생활이 행복하니까요."

정직한 문인이 피신할 곳은 없다

옛 프랑스의 어느 철학자는, 미친 세월에 휩쓸린 정직한 문인들의 처지를 다음과 같이 진단하였다.

"정직한 문인의 가장 큰 불행은 다른 문인들의 질시 대상이 된다거나, 떼거리에 의해 희생된다거나, 세속적 권세가들의 멸시를 받는다는 것 따위가 아니다. 진정한 불행은, 그가 바보들에 의해 평가된다는 사실이다. 특히 대중의 광증이 어리석음과 짝짓기를 한 다음, 그 어리석음이 복수심과 다시 짝짓기를 하여, 그것에서 나온 바보들이 안하무인 격으로 날뛸 때 더욱 그러하다. 따라서 정직한 문인이 안전하게 피신할 곳은 별로 없다. 그의 처지는 날치의 딱한 모습과 비슷하다. 조금 높이 오르면 새들이 채가고, 물 속으로 들어가면 큰 물고기들이 삼켜버린다."

증오심 가득한 내시들

빠리에 처음 온 외국 젊은이가, 어느 날 연극 한 편을 관람하고 깊은 감동을 받았다. 그런데 공연이 끝나자, 옆자리에 앉아 있던 뚱뚱하고 탐욕스럽게 생긴 남자가, 생전 처음 보는 그 젊은이에게 연극에 대한 험담을 늘어놓았다.

잠시 후 젊은이가 자기의 안내인에게 물었다.

"저로 하여금 감동의 눈물을 흘리게 한 연극과, 저에게 커다란 기쁨을 준 배우들을 심하게 헐뜯는, 저 뚱뚱한 돼지는 뭘 하는 자입니까?"

안내를 맡은 친구가 대답하였다. "꾀죄죄하게 살아가는 놈이지요. 모든 연극과 책들에 대하여 험담을 늘어놓는 대가를 받아 연명하는 자입니다. 내시들이, 여자와 흔쾌히 즐기는 남자를 증오하듯이, 저 놈은 좋은 책을 써서 성공한 사람들이라면 무조건 증오한답니다. 저런 자들을 사람들이 평론가라고 부르지요. 놈들은 문학 속에 기생하는 벌레들 중 하나로, 썩은 개흙과 독(毒)으로 자양을 삼습니다."

유치한 놀이

　부와 해박한 지식과 명성을 두루 갖춘 베네치아의 어느 노정치가는, 오페라를 다음과 같이 정의하였다.

　"음악을 곁들인 저질 비극이다. 그 속의 장면들과 무대 장치는, 걸맞지도 않는 노래 두세 곡을 부르기 위해 꾸며졌고, 그 노래들 또한 특정 여배우의 목청이나 돋보이게 할 뿐이다. 또한, 내시 같은 녀석 하나가, 떨리는 소리로 씨저(기원전 100~기원전 44년)나 카토(기원전 95~기원전 46년)의 흉내를 내며 무대 위에서 거북한 기색으로 서성거린다. 그런데도 이탈리아는 그 유치한 놀이를 자랑스러워하며, 군주들은 그 놀이에 엄청난 비용을 지출한다."

당나귀 똥은 아예 없을 테니까

농사꾼 마르땡 씨가 여행을 떠나게 되어, 이웃에 사는 뒤뽕 씨에게 자기의 당나귀를 돌봐달라고 부탁하였다.

"기꺼이 돌봐주겠네. 하지만 당나귀가 먹을 귀리 값은 어찌 할 것인가? 일백 프랑은 족히 될 텐데."

"일백 프랑이라구? 말도 아니 되는 소리 그만 두게나! 여기 이십 프랑 있으니 어서 받게. 그리고, 당나귀 똥 알뜰히 모아두는 것 잊지 말게."

마르땡 씨가 돌아가자, 뒤뽕 씨 부인이 불만을 터뜨렸다.

"고작 이십 프랑 가지고 어떻게 당나귀를 먹인단 말씀이에요? 게다가 그 불결한 똥까지 모아두라고요?"

그러자 뒤뽕 씨가 부인을 안심시켰다.

"아무 걱정 말아요. 저 노랭이가 이십 프랑밖에 내놓지 않았으니, 당나귀 똥은 단 한 덩이도 나오지 않을 거요!"

소박한 즐거움

너무 이르고 너무 늦고……

그리스 최초의 기하학자이며 천문학자로 알려진 탈레스는, 한적한 곳에 은거하기를 좋아하였다. 어떤 이들은 그 역시 결혼을 하여 아들까지 두었다고 하나, 그가 평생 독신으로 지냈다는 것이 지배적인 견해이다. 어떤 사람이 그에게 물었다.

"어찌하여 결혼을 하시지 않습니까?"

그의 대답은 이러하였다.

"아이들에 대한 사랑 때문입니다."

어느 날 그의 모친께서 그에게 어서 결혼을 하라고 간곡히 말씀하시자, 그가 선뜻 아뢰었다.

"아직은 너무 이른 것 같습니다."

몇 해 후 다시 혼인 이야기를 꺼내시자, 이번에는 이렇게 대답하였다.

"이미 너무 늦은 것 같습니다."

아름다운 아내를 얻으면……

결혼을 해야 하는지 하지 말아야 하는지의 문제가, 고대 그리스 철학자들 사이에서도 가끔 화젯거리가 되었던 모양이다.

"결혼을 해도 후회할 것이고 하지 않아도 후회할 것이다."

소크라테스의 이 대답은 오늘날까지도 널리 알려진 말이다.

아카데모스 학파의 일원이며, 기지는 유연하되 언사가 착했다는, 스키티아 출신의 철학자 비온 역시 같은 질문을 받았다. 그의 대답은 이러하였다.

"당신이 만약 용모 추한 여인을 아내로 삼으면 항상 괴로울 것이고, 아름다운 여인을 아내로 삼으면 끊임없이 농락당할 것이다."

어느 젊은이가 안티스테네스에게 묻기를, 어떤 여인을 아내로 맞는 것이 좋으냐고 하였다. 안티스테네스가 머뭇거리며 말하였다.

"예쁜 여자는 행실이 좋지 않을 것이고, 못생긴 여자는
자네에게 괴로움을 줄텐데……."

밤새도록 마차를 탄 모양입니다

　지체 높은 어느 나으리가 볼 일이 있어 먼 외지에 갔다. 그런데 어느 날 문득, 집에 두고 온 젊고 아름다운 아내가 몹시 보고 싶어졌다. 그는 모든 일을 제쳐둔 채, 홀로 역마차를 잡아타고 집으로 향했다. 이틀 밤낮을 쉬지 않고 달린 끝에 드디어 집에 도착했다. 젊은 아내의 기쁨과 기대가 얼마나 컸겠는가! 그러나, 오랫동안 간절히 연모하던 여인이 문득 품에 안길 경우, 너무 벅찬 감동이나 공포감에 사로잡혀 남자가 오히려 위축되듯, 아내의 모습을 뇌리에 떠올리며 쉬지 않고 달려온 나으리는, 아내의 은근한 기대를 충족시킬 수가 없었다.

　"그대를 향한 뜨거운 사랑에 이끌려 밤새워 달려왔더니 그만……"

　그 말을 미처 마치지도 못하고 나으리는 코를 골기 시작하였다. '너무 게걸스럽게 포옹하는 자 변변히 조여보지도 못한다'는 속담 그대로였다.

허전한 마음으로 잠을 청할 수밖에 없었던 아내가 다음 날 아침 먼저 일어났고, 한 시간쯤 뒤에야 잠을 깬 나으리가 아내와 함께 창가에 나란히 서서 앞뜰을 내려다보게 되었다. 그런데, 나으리가 보자니, 그 댁 수탉이 암탉 한 마리를 상대로 잠시 수작을 걸더니, 이내 그 짓을 멈추고 나머지 암탉들은 거들떠보지도 않는 것이다. 나으리가 못마땅한 어조로 중얼거렸다.

"쓸모없는 수탉이야! 없애버리고 다른 수탉을 구해와야겠군!"

그러자 아내가 미소를 지으며 속삭였다.

"나으리, 저 녀석을 용서하옵소서! 아마 밤새도록 마차를 탄 모양입니다!"

제 남편을 위해서라면 손가락 끝 하나 태우지 않겠어요

　회교도들이 통치하던 무갈제국에서 있었던 일이다. 남편과 사별한 바라문교도 여인 하나가 총독을 찾아와, 죽은 남편을 지옥에서 꺼내주기 위해 스스로 분신 자살하겠다며, 허락을 청하였다. 회교도인 총독이 그 어처구니없는 짓을 허락할 리 없었다. 그러자 여인이 푸념을 해대기 시작하였다.

　"가엾은 여인이 죽은 남편을 위해 분신하겠다는데, 그것을 허락지 않다니! 이런 일이 또 있을까? 내 어머니, 숙모, 언니들도 남편을 위해 모두 분신 자살하셨는데!"

　마침 곁에 바라문교 승려 하나가 있었다. 총독이 그를 노려보며 물었다.

　"그대가 저 여인의 뇌수에 저 따위 광기를 불어넣었나?"

　승려가 펄쩍 뛰며 대답하였다.

　"결코 그런 적 없나이다. 하지만, 저 여인이 분신 자살하면 신께서 기뻐하시며, 저 여인에게 남편을 돌려주시어 다시 함께 살도록 해주실 것입니다."

승려의 그 말에 여인이 깜짝 놀라며 소리쳤다.

"뭐라고요? 저의 남편을 저세상에서 다시 만나 함께 살아야한다고요? 아! 그렇다면 저는 분신 자살을 그만두겠어요. 궁상맞고 늙어빠진 그 질투덩어리와 다시 살라고요? 그따위 인간과 다시 혼인하기 위해 제 몸을 산채로 불에 태운다고요? 어림도 없는 말씀이에요. 그를 지옥 밑바닥에서 끌어내기 위해서라면, 저의 손가락 끄트머리 하나도 태울 수 없어요…… 총독님, 저는 당장 회교로 개종하겠어요. 그리고 당신, 바라문 땡추께서는, 서둘러 지옥으로 가셔서, 제가 이승에서 잘 살고 있다고 제 남편에게 전해주세요!"

가장 헤프신 분께서 먼저 저를 치시지요

프로방스 지방의 지체 높은 가문 출신 기사 기욤은, 그 지방 귀족 부인들 중 자기와 상관하지 않은 여인이 없다고 공공연히 떠들어대곤 하였다. 심지어 귀족들의 연회석에서 조차 그러한 말을 서슴지 않으며, 자기가 프로방스의 모든 남편들에게 오쟁이를 지웠노라고 했다.

"나도 그 남편들 중에 속하는가?"

프로방스의 영주인 레이몽 백작마저 기욤에게 그렇게 물은 적이 있다고 한다.

결국 기욤에게 원한을 품은 귀부인들은 혹독한 복수를 계획하게 되었다. 어느 날, 백작부인을 비롯한 귀부인들은 연회석을 마련한 다음 기욤을 청하였다. 그녀들은 각자 날카로운 단검 하나씩을 치마폭에 숨겨 가지고 있었다. 그가 도착하자 귀부인들이 일제히 그를 꾸짖었다.

"기욤, 그대는 어찌하여 프로방스의 귀부인들을 그토록 모욕하였어요? 이제 비싼 대가를 치러야겠어요…… 이미 짐작하셨겠지만, 그대는 죽음을 피할 수 없게 되었어요."

그 말을 마치기가 무섭게 여인들이 날카로운 칼을 뽑아들자, 자신이 덫에 걸려들었음을 깨달은 기욤이 간곡한 어조로 여인들에게 말한다.

"사랑의 이름으로 부인들께 드릴 소청이 하나 있습니다."

"목숨을 구걸하는 것이 아니라면 말씀해보시오."

그러자 기욤이 음성을 가다듬어 엄숙히 말하였다.

"사랑의 이름으로 간청하옵건대, 부인들 중 자신이 가장 헤픈 여자라고 확신하시는 분께서 먼저 저를 치시옵소서."

여인들은 자기들끼리 서로를 바라볼 뿐, 아무도 먼저 칼을 치켜들려 하지 않았다. 그러자 기욤은, 잠시 여인들을 하나하나 그윽히 바라본 후, 다정한 미소를 지으며 유유히 연회석을 떠났다.

냇물의 방향을 바꾸려는 짓이나,
코를 자르려는 짓이나……

옛 바빌로니아에서 있었던 일이다. 어느 날 산책에 나섰던 젊고 미모 출중한 여인이 몹시 화가 난 듯한 기색으로 돌아왔다.

"아름다운 분이시여, 무슨 일로 그토록 노하셨소?"

남편이 다정하게 물었다. 그러자 여인이 남편에게 곡절을 들려준다.

"오늘 저는, 얼마 전에 남편을 잃은 친구를 위로하러 갔었습니다. 그녀는 남편의 무덤 곁에 거처를 마련한 다음, 무덤 앞을 흐르는 냇물이 방향을 바꾸지 않는 한, 그곳을 결코 떠나지 않겠노라고 신들께 맹세한 바 있습니다. 그런데 오늘 가서 보자니, 그녀가 열심히 땅을 파며 냇물의 흐름을 다른 쪽으로 돌리고 있지 뭐예요!"

그리고는 분이 풀리지 않는다는 듯, 젊은 과부에게 욕설과 비난을 마구 퍼부어댔다. 그러한 아내를 물끄러미 바라보며, 남편은 씁쓸한 미소를 지었다.

그로부터 얼마 후, 여인이 시골에 갔다가 돌아와보니 집안이 온통 울음바다였다. 노비들이 모두 눈물을 흘리며 안주인을 맞는 것이다. 여인의 남편이 갑자기 세상을 떠났다는 것이다. 평소에 남편과 절친했고, 부인 역시 그 인품을 내심 흠모하던 남편의 친구도 소식을 듣고 달려왔다. 그는 여인을 위로하며 함께 통곡하였다. 하지만 다음날이 되자 두 사람은 전날보다 덜 울었고, 점심식사도 함께 하였다. 식사를 하며 남편의 친구가 미망인에게 말하기를, 남편이 운명하기 훨씬 전에 자기에게 재산 대부분을 남겨주었는데, 그 재산을 그녀와 함께 나누고 싶다 하였다. 그날 밤 두 사람이 함께한 만찬은 더욱 길어졌다. 여인은 고인을 추모하면서도, 한편 그의 단점들을 들추어내 지적하였다. 고인의 친구에게는 없는 단점들이었다. 또한 그녀의 시선이 자주 젊은이의 얼굴에 머물렀다.

만찬이 계속되던 중 갑자기 남편의 친구가 옆구리의 통증을 호소하며, 곧 숨이 넘어갈 듯한 기색을 보였다. 그러자 여인이 섬섬옥수로 그의 옆구리를 만져주며, 혹시 그 맹렬한 통증을 가라앉히는 특효약을 알고 있느냐고 물었다. 젊은이가 겨우 입을 열어 더듬거리며 말하였다.

"전에도 이러한 통증에 시달린 적이 몇 차례 있었습니다."

"그때마다 어떤 약을 쓰셨나요? 어서 말씀해보세요!"

여인이 다그치자 젊은이가 숨을 몰아쉬며 겨우 대답한
다.

"죽은 지…… 하루 지난…… 사람의 코를 잘라 환부에
붙이면…… 통증이 즉시 가라앉곤 하였습니다."

여인은 더 묻지 않았다. 조금도 머뭇거림 없이 면도칼 하
나를 집어들더니, 남편의 시신이 안치된 방으로 달려갔다.
그리고는 대뜸 남편의 코를 자르려 하였다. 바로 그 순간,
시신이 한 손으로는 자신의 코를 감싸쥐고, 다른 한 손으로
는 면도칼을 든 아내의 팔을 움켜잡으며 벌떡 일어났다. 그
리고는 아내에게 조용히 말하였다.

"부인, 차후로는 그 젊은 미망인을 너무 혹독하게 비방
하지 마오! 시신의 코를 자르는 짓이 무덤 앞 냇물의 흐름을
바꾸는 짓보다 나을 게 있겠소?"

네 아비가 다칠라

아테네의 중심 광장에 어느 날 많은 사람들이 모여 있었다. 그런데 매우 영악스럽게 생긴 애녀석 하나가 사람들을 향해 마구 돌팔매질을 해대는 것이었다. 디오게네스가 다가가서 녀석을 자세히 보니, 행실 문란하기로 소문 자자한 여인의 아들이었다. 디오게네스가 아이를 불러 부드럽게 타일렀다.

"애야, 조심해라, 네 아비가 다칠라!"

아이를 만들다 말고 길을 떠나시다니

예나 지금이나, 무엇을 하나 얻어들으면, 그것만이 진리이고 진실인 줄 알고, 그것을 내세워 다른 이들을 당당하게 꾸짖는 촌스럽고 어수룩한 사람들이 많다. 다음에 소개하는 이야기가 그 한 예로서, 뭇 선동과 광신주의의 구원(久遠)한 맹아를 엿보게 해준다.

옛날 프랑스 어느 시골에 아름답고 순박한 여인 하나가 있었는데, 남편이 멀리 브르고뉴 지방으로 장삿길을 떠나게 되었다. 그들이 혼인한 지 넉 달쯤 되던 무렵이었고, 여인의 몸에는 태기가 있었다. 남편이 떠난 후, 이웃에 사는 앙드레가 찾아와 이런저런 이야기를 나누게 되었고, 평소 흉허물 없이 지내던 이웃인지라, 여인은 자기가 임신한 사실을 앙드레에게 알렸다. 그러자 앙드레가 깜짝 놀라는 시늉을 하며 여인에게 말하였다.

"아이를 만들다 말고 먼 길을 떠나다니, 딱한 사람이군! 부인, 장차 태어날 아이에게 자칫 귀 하나가 없을지도 모르겠습니다. 그러한 경우를 여럿 보았습니다. 부군께서 돌아오시면 서둘러 아이를 완성시키라 하시지요."

앙드레가 싱글거리며 하는 그 말에 여인이 몹시 난감해한다.

"어쩌면 좋아! 먼 브르고뉴 지방으로 가셨는데……. 아무리 일러도 한 달 후에나 돌아오실 터인데……."

무심히 던진 농담을 여인이 철석같이 믿는 것을 보고, 앙드레는 욕정이 꿈틀거리기 시작하였다. 절망감에 사로잡힌 여인에게 앙드레가 다정하게 말하였다.

"제가 어찌 이웃의 도리를 저버리겠습니까! 아무리 바쁘더라도 부인의 급한 사정을 어찌 못 본 체하리까! 허락하신다면, 미숙한 솜씨로나마 아이를 완성시켜 드리겠습니다."

그리고는 즉석에서 그 착한 일을 시작하였고, 다음날도 또 그 다음날도, 아이를 완벽하게 만들어주느라고 정성을 쏟았다. 그러던 중 드디어 남편이 돌아왔다. 그날 밤 여인은 남편의 품에 안겨 즐거워하면서도, 남편 나무라는 것만은 잊지 않았다.

"아이를 만들다 말고 먼 길을 떠나시다니, 참으로 훌륭한 아버지십니다! 허울뿐인 아버지군요!"

오래된 습관

　중세 프랑스에서 있었던 일이다. 십자군의 일원으로 동방에 갔던 기사가 여러 해만에 귀향하였다. 반갑게 맞는 아름다운 부인과 아기자기한 쾌락에 도취했다가 함께 깊이 잠들었는데, 공교롭게도 한밤중에 하녀가 급한 전갈이 왔다며 내외의 침실 문을 두드렸다. 그 소리에, 깊은 잠에서 깨어난 부인이 몹시 놀라며 다급하게 속삭였다.

　"맙소사! 남편이 돌아왔어요!"

　잠결에 그 다급한 소리를 들은 남편이 벌떡 일어났다. 그리고 벗어놓았던 옷을 둘둘 말아 들고 장롱 속으로 급히 몸을 숨겼다.

두 달에 하나씩은 감당키 어렵나이다

　프랑스 남서부 중심 도시 뚤루즈에 사는 어느 의사가, 그곳 대주교의 질녀를 아내로 맞아들였다. 그런데 혼례를 치른 지 겨우 두 달이 되었을 때 그 아내가 아이를 낳았다. 그는, 혼인 두 달만에 아이를 낳는 것이 하느님의 신성한 섭리나 교회의 율법에 조금도 위배되는 일이 아니라며, 아내를 좋은 말로 다독거렸다. 아내가 혹시 극비리에 아이를 없애 버리지나 않을까 염려했기 때문이다.

　아내가 분만을 마친 지 얼마 아니 되어 의사는 그녀를 친정으로 돌려보냈다. 그리고 그녀가 낳은 딸은 자기가 맡아 잘 기르겠다고 하였다. 한편, 자기의 질녀가 소박맞았다는 소식을 들은 대주교는 펄펄 화를 내며 의사를 소환케 하였다. 그리고는 온갖 협박을 서슴지 않으며 그를 꾸짖었다. 묵묵히 꾸짖음을 듣고 있던 의사가 차분히 아뢰었다.

　"대주교님의 질녀를 아내로 맞아들이는 영광을 누리게 되었을 때, 저는 제가 가진 재산으로 아내와 자식들을 어려움 없이 부양할 수 있으리라 생각하였나이다. 당초 저는 아이를 한 해에 하나씩만 낳을 작정이었나이다. 그런데 저의 생각과는 달리, 아내가 혼인 후 단 두 달 만에 아이를 낳기 시작하였나이다. 만약 그러한 속도로 아이를 낳는다면, 저의 재력으로는 처자를 도저히 부양할 수 없음을 깨달았나이다. 또한, 존귀하신 대주교님의 혈족 한 분이, 가난 속에 처박히는 치욕을 면치 못하시게 되리라는 생각을 하게 되었나이다. 대주교님의 자비로우심에 의지하여 간곡히 청하옵거니와, 금지옥엽 질녀분을 저보다 더 부유한 분과 혼인시키시옵소서. 그러하오면, 장차 태어날 아이들로 인하여 대주교님이나 질녀께 수치가 돌아오는 일은 없을 것이옵니다."

성자가 아니고서야 어찌 정숙함을 증오하지 않으랴

다음은, 처음으로 빠리에 온 어느 페르샤 청년이, 고국에 있는 친구에게 보낸 편지의 한 구절이다.

프랑스인들은 사람들 앞에서 좀처럼 자기 부인에 관해 이야기하는 법이 없다네. 그들 중 자기보다 자기의 부인을 더 잘 아는 사람들이 있지 않을까 염려하기 때문이라네.

그들 중에는 아무도 위로해주지 않는 정말 불행한 사람들이 있다네. 바로 질투하는 남편들이라지. 또한 누구든지 경멸하는 사람들도 있는데, 그들 역시 질투하는 남편들이라네. 자기의 처를 독점하려는 남편은 공공의 즐거움을 파훼하는 자로 간주된다네. 또한 대양빛을 독차지하려는 자만큼이나 미친놈으로 여긴다네.

물론 정조를 지키는 여자가 없다는 말은 아니라네. 또한 그러한 여자들은 정말 괄목할 만하다고 말할 수도 있네. 나를 안내하는 사람이, 그러한 여인들을 거리에서 손가락으로 가리키며, 자주 나에게 보여주었지. 하지만 그 여인들의 용모가 모두 어찌나 추하던지, 성자가 아니고서는 정숙함을 증오하지 않을 수 없을 것 같았네.

그러나 행복해져요

어느 시골의 할머니가 성당의 고해소를 찾았다.

"신부님, 저는 남편을 속이고 외간 남자와 상관하였습니다. 진심으로 참회합니다."

"아! 그래요? 그것이 언젯적 일입니까?"

"어디 보자…… 그러니까……삼십이 년 전이지요……."

"삼십이 년이요? 할머니, 오래전 일이니 마음 쓰실 것 없습니다. 괜찮습니다."

노파가 미소를 지으며 신부에게 말하였다.

"그럴 수 있겠지요. 그러나 가끔 그 이야기를 다른 사람에게 할 때마다 행복해져요……."

어느 바늘에 찔렸는지 무슨 수로 알겠는가

　　아리스티포스는 소크라테스의 제자로, 키레네 학파(혹은 향락주의 학파)의 비조가 된 사람이다. 어느 고급 매춘부가 잔뜩 교태를 부리며 아리스티포스에게 수줍은 어조로 말하였다.

　　"당신의 아이를 잉태하였어요!"

　　그러자 아리스티포스가 태연히 물었다.

　　"그것을 자네가 무슨 수로 알겠는가? 바늘 일백 개가 널려 있는 곳을 밟고 지나가던 중, 자네의 발이 바늘에 찔렸을 경우, 자네의 발을 찌른 바늘이 어느 것인지 알 수 있겠는가?"

전하는 빵 굽는 분의 소생이외다

옛날, 그리스 전 지역을 호령하던 왕이 있었다. 그의 이름이 필립이었다고 전하기는 하나, 그가 알렉산더 대왕의 부왕인지는 확인할 길이 없다. 여하튼 어느 현자가 그 왕의 미움을 사서 감옥에 갇히게 되었다. 별들의 나라에서 일어나는 일들까지 꿰뚫어볼 수 있다는 현자였다.

어느 날 에스빠냐에서 훌륭한 전마(戰馬) 한 필을 왕에게 선물로 보냈다. 걸음걸이가 당당하고 힘찬 말이었다. 왕은 옥중에 있는 현자를 불러내 말을 한 번 살펴보라고 하였다. 현자가 잠시 말을 이리저리 살피더니 왕에게 아뢰었다.

"전하, 이 말이 비록 외양은 당당하나, 암탕나귀의 젖을 빨고 자란 듯 하나이다."

왕은 즉시 에스빠냐로 사람을 보내, 말을 어떻게 길렀는지 알아보게 하였다. 왕명을 받들어 떠난 사신이 얼마 후 돌아와 아뢰기를, 어미가 그 말을 낳고 즉시 죽어, 암탕나귀의 젖을 먹여 키웠다고 하였다. 왕은 현자의 혜안에 감탄하며,

하루에 빵 반 조각을 현자에게 상으로 하사하였다.

얼마 후 왕은 자기가 아끼는 보석들을 꺼내놓고 느긋이 바라보다가 문득 옥중에 있는 현자를 불렀다. 그리고는 가장 값져 보이는 것을 골라보라고 하명하였다. 그러자 현자는 왕께서 가장 귀하게 여기시는 보석이 어느 것이냐고 되물었다. 왕이 보석 하나를 가리켰다. 그러자 현자는 그 보석을 손아귀에 넣고 잠시 기다리다가, 그것을 다시 귀 가까이에 대고 무엇을 유심히 듣는 듯하더니, 왕에게 천천히 아뢰었다.

"이 보석 속에 벌레 한 마리가 있나이다."

왕이 즉시 보석 세공인을 불러 보석을 깨뜨려보게 하니, 그 속에 정말 벌레 한 마리가 들어 있었다. 왕은 현자를 크게 칭찬하며, 이번에는 매일 빵 하나씩을 상으로 내렸다.

그리고 다시 얼마 후, 왕은 자신이 부왕(父王)의 진정한 혈통을 이어받지 못했을지도 모른다는 괴이한 생각에 사로잡히게 되었다. 점점 커지는 의혹과 번민에 휩싸여 어찌할 바를 모르던 왕은, 현자를 다시 불렀다. 그리고는 자기가 누구의 자식이냐고 조용히 물었다.

"그 무슨 하문이시오니까? 전하의 부친이 누구이신지는 전하께서 잘 알고 계시지 않나이까?"

"짐의 진정한 생부(生父)가 누구이신지 알고 싶을 따름이니라. 그러니 구태여 듣기 좋은 답변을 꾸며대지 말라. 조금도 두려워하지 말고 진실을 말하라. 사실대로 아뢰지 않으면 죽음을 면치 못하리라!"

그러자 현자가 체념한 듯한 기색으로 아뢰었다.

"전하께서는 어느 빵 굽는 분의 소생으로 짐작되나이다."

그 대답에 잠시 넋을 잃은 듯했던 왕이 벌떡 일어섰다.

"모후께 사실을 확인해보겠노라!"

그리고는 즉시 모친의 처소로 달려가 맹렬한 기세로 모친을 다그쳤고, 급기야 여인이 출생의 비밀을 실토하였다.

왕이 현자를 조용한 방으로 불러 물었다.

"선생께서는 선생의 뛰어난 지혜를 이미 입증하셨소. 청컨대, 그 모든 사실들을 도대체 어떻게 알아내셨는지 소상히 설명해주시겠소?"

"전하, 감히 아뢰겠나이다. 우선 말이 당나귀 젖을 빨며 자랐다는 사실은, 평소에 자연 현상을 세심하게 살피던 습관 덕분으로 짐작할 수 있었나이다. 신이 살펴보니 말의 두 귀가 축 처져 있었사온데, 그것은 말의 속성이 아니옵니다. 보석 속에 벌레가 있었다는 사실 또한, 모든 돌의 속성이 차갑다는 점에 착안하여 짐작할 수 있었나이다. 전하의 보석에 온기가 돌길래, 그 속에 생명체가 있음을 알았나이다."

그러자 왕이 감탄하며 다시 물었다.

"그렇다면 짐이 빵 굽던 사람의 자식임은 어떻게 알아내셨소?"

"전하, 용서하옵소서. 신이 전마의 비밀을 알아내었을 때, 전하께서는 신에게 빵 반 조각을 상으로 내리셨나이다. 그리고 보석에 관해 아뢰자, 빵 한 개를 하사하셨나이다. 신은 그때 전하께서 어떤 분의 혈통을 타고나셨는지 짐작하였나이다. 전하께서 진정한 군왕의 소생이셨다면, 신에게 큰 도시 하나쯤 하사하시면서도 그것이 오히려 작다 하셨을 것입니다. 그러나 전하의 생부께서 그러하셨듯이, 전하께서는 빵을 하사하시면서 그것을 크게 여기셨으니, 신은 그것이 전하의 타고나신 천성 때문이라 생각하였나이다."

청년의 반격

아우구스투스 황제(기원전 63년~기원후 14년)는 평소 농담을 잘 하기도 하려니와, 다른 사람들의 농담에도 매우 너그러웠다고 한다. 시인 베르길리우스(기원전 70년경~기원전 19년)에게 빵을 하사한 후, 시인으로부터 빵집 주인이란 별명을 얻어 갖게 되자, 시인에게 후한 선물을 보냈다는 일화는 널리 알려진 이야기다.

그가 처음 즉위한 직후, 로마 시내에는 괴이한 소문이 급속도로 퍼져나갔다. 황제와 쌍둥이처럼 닮은 청년 하나가 나타났다는 것이다. 그 소문은 이내 황제의 귀에까지 들려왔다. 황제가 어느 날 그 청년을 몸소 인견하게 되었고, 평소의 습관대로 청년에게 농담을 던졌다.

"말해보게, 혹시 그대의 모친께서 전에 이 도시에 머무신 적이 있는가?"

황제의 농담조 질문 속에 담긴 뜻을 간파한 청년이 태연히 아뢰었다.

"폐하, 저의 어머님께서는 평생 궁벽한 향리를 벗어나신 적이 없사오니, 이 도시에 어찌 단 한 번이나마 오실 수 있었겠나이까? 하지만 성품 호쾌하신 저의 아버님께서는 이곳에 자주 오셨다는 말씀을 들었나이다."

누가 먼저 한 방 쏘았겠지

젊은 남자 하나가 마을 사제를 찾아와 괴로움을 털어놓았다.

"사제님, 제가 결혼한 지 겨우 석 달밖에 되지 않았는데, 벌써 아이가 태어났습니다!"

사제가 조용히 말하였다.

"아! 기적일세!"

"기적인지 아닌지는 모르지만, 제가 그녀를 처음 만난 것이 다섯 달 전인데, 벌써 아이가 태어났단 말이에요……어찌 된 일입니까?"

"정말 엄청난 기적일세!"

그러자 젊은이가 울화통을 터뜨린다.

"사제님, 저를 조롱하지 마세요! 사제님이시니까 툭 터놓고 여쭈어보겠습니다. 예를 들어, 공중에 떠 있는 종달새를 잡으려고 사제님께서 총을 겨누고 계신데, 사제님의 총이 발사도 되기 전에 종달새가 떨어졌다면, 그것을 기적이라 하시겠습니까?"

사제가 펄쩍 뛰며 서둘러 대답하였다.

"아! 그건 기적이 아니지! 누군지 모를 다른 사람이 먼저 한 방 쏘았겠지……."

저의 아버님께서 이 성의 정원사이셨습니다

유서 깊은 성에 살고 있는 귀족이 관광객들에게 성의 이 구석 저 구석을 구경시키고 있었다. 그런데 관광객들 중 한 남자가 귀족의 시선을 끌었다. 귀족이 유심히 살펴보니 그 남자가 너무나 자기를 닮은 것이다. 귀족은 기회를 보다가 슬그머니 그 관광객에게 다가가서 나지막한 음성으로 물었다.

"혹시 제 가문의 내력에 대해 무슨 얘기를 들으신 적이 있습니까?"

"……예, 조금은 알고 있습니다."

"아! 이제 짐작하겠습니다. 모친께서 젊은 시절, 이 성에서 침실 시녀로 일하셨지요?"

"그렇지 않습니다. 실은 저의 아버님께서 이 성의 정원사이셨습니다."

남편을 백 배로 늘려 돌려주실 것이오

누구든 불쌍한 사람들을 위해 적선하면, 천국에서 열 배, 스무 배, 백 배로 그 보상을 받는다는 것이 교회의 변함없는 가르침이다.

프랑스의 어느 두메에서 생긴 일이다. 젊고 아리따운 어느 여인이 남편과 사별하였는데, 그 마을의 순박한 사제가 그녀를 지성껏 위로하였다. 온갖 좋은 말을 찾아내려 애를 쓰던 사제가, 여인에게 자애롭고 엄숙한 어조로 말하였다.

"당신은 오늘 남편을 잃었소. 그러나 하느님께서는 무심치 않으시어, 당신에게 남편을 백 배로 늘려 돌려주실 것이오!"

이제는 익숙해져서……

순박하고 어수룩한 쟈냉이 드디어 장가를 갔다. 소식을
들은 친구가 그를 만나자 반가워하며 물었다.

"여보게 쟈냉, 드디어 장가를 갔다고?"

"그렇다네!"

"좋은 일이야!"

"하지만 그리 좋지도 않지."

"무슨 까닭인가?"

"그녀가 고집불통이기 때문이지."

"그건 나쁘지."

"그리 나쁜 것도 아니야."

"무슨 까닭으로?"

"무슨 까닭이냐고? 그녀가 우리 마을에서 가장 예쁘니
까."

"그것 참 좋은 일이군!"

"별로 좋을 것도 없어."

"무슨 까닭인가?"

"아무때나 그녀를 보러 오는 남자가 하나 있기 때문이지."

"좋지 않은 일이군!"

"하지만 그리 나쁜 일도 아니야."

"그건 또 무슨 까닭인가?"

"그 남자가 나에게 항상 무엇을 주니까."

"그건 좋은 일이군."

"그리 좋은 일도 아니야."

"무슨 까닭이지?"

"그가 우리 집에 오기가 무섭게 나를 밖으로 내쫓기 때문이야."

"좋지 않은 일이군!"

"하지만 그리 나쁜 일도 아니야."

"그건 무슨 까닭이지?"

"그 남자가 나에게 돈을 주고, 나는 그 돈을 가지고 주막에 가서 한바탕 배불리 먹으니까."

"좋은 일이군!"

"그리 좋지도 않지."

"무슨 까닭인가?"

"내가 비바람을 무릅쓰고 밖으로 나가야 하니까."

"좋지 않은 일이군."

"하지만 그리 나쁘지도 않지."

"무슨 까닭인가?"

"이제는 내가 그 짓에 아주 익숙해졌으니까……."

더 큰 선(善)을 위해 작은 허물쯤이야……

아름다운 처녀가 못생기고 성질 고약한 남자와 혼인하였다. 하지만 그녀는 젊고 용모 수려한 다른 청년을 마음에 두고 있었으며, 그 청년 또한 그녀를 은밀히 연모하던 터였다.

처녀가 다른 사람의 아내가 된 후에도, 청년은 그녀를 잊지 못해 항상 그녀 주위를 서성거렸다. 그러자 의심 많고 질투 심한 남편이 건달들을 시켜 청년을 살해하였다. 그 사실이 곧 모든 사람들에게 알려지고, 청년의 친척이었던 그 지방 총독은 즉시 남편을 잡아들여 교수형에 처하려 하였다.

남편과의 사이에서 이미 아들까지 낳은지라, 여인은 총독을 찾아가 남편의 목숨을 애걸하였다. 그러자 여인의 미모에 혹한 총독은, 그녀가 자기에게 몸을 허락하면 남편을 살려주겠다고 하였다. 몸을 외간 남자에게 잠시 허락함은 작은 허물이되, 남편의 생명을 구함은 큰 일이라 여겨, 여인은 총독의 요구를 받아들였고, 덕분에 남편은 목숨을 부지하게 되었다.

그런데 얼마 후, 어린 아들이 괴질에 걸려, 상당히 먼 곳에 있는 의사를 찾아가게 되었다. 그녀는 남동생을 대동하고 길을 떠났다. 그러나 도중에 산적들을 만났다. 그녀의 미모에 혹한 산적의 두목은, 그녀가 순순히 몸을 허락하지 않을 경우, 그녀의 동생을 죽이겠다고 위협했다. 그녀는 선뜻 자신의 몸뚱이를 두목에게 내맡겨 동생의 목숨을 구했다.

　마침내 의사가 사는 곳에 당도하여 여인은 아이의 병을 고쳐 달라고 애걸하였다. 그러자 이번에는 의사가 치료비조로 그녀의 몸을 요구했다. 다른 어떤 재물도 받기를 거부하며, 막무가내로 그녀의 몸을 요구하였다. 결국 여인은 의사에게 몸을 허락하고 아들의 목숨을 건졌다. 그리고는 남동생에게 말하였다.

　"몸뚱이를 잠시 내맡겨 귀한 목숨 셋을 건졌으니, 이보다 더 큰 선행이 어디 있겠느냐!"

그리스인들의 음란함을 기리며……

　돈을 많이 모은 고급 매춘부가 음란한 여신 아프로디테
에게 바치는 황금 여신상을 만들었다. 그리고는 여신상 기
단(基壇)에 헌사를 써달라고 디오게네스에게 부탁하였다.
디오게네스는 다음과 같이 썼다.

　　그리스인들의 음란함을 기리며……

　아프로디테의 신화나 그 황금 여신상 모두, 음란함의 소
산이라는 뜻이다.

다른 나무에도 저런 과일이 열렸으면……

여인들이 올리브나무에 무리 지어 매달려 열매를 따고 있었다. 디오게네스는 넋을 잃고 여인들을 바라보았다. 황홀경에 잠겨 있던 그가 탄성을 지르며 말하였다.

"오! 하늘이 자비를 베푸시어, 다른 모든 나무에도 저런 과일들이 주렁주렁 달리게 해주셨으면!"

특이할 것이 없다

페리클레스(기원전 495년경~429년)의 조카이며 소크라테스의 제자인 알키비아데스는 그 용모가 수려하기로 유명하였다. 소크라테스마저도 소년 알키비아데스에게 넋을 빼앗겼다는 이야기가 전해 내려올 정도이다. 물론 많은 사람들은 소크라테스가 그의 앞에서 자제력을 잃지 않았다 하여 소크라테스를 칭송하였다. 그러나 비온은 그들과 견해를 달리하였다.

"소크라테스가 알키비아데스를 갈망하면서도 그에게 손을 대지 않았다면, 소크라테스는 분명 천치이다. 반면 그가 진정 아무 욕구도 느끼지 않았다면, 그의 처신이 조금도 특이할 것이 없다."

못된 알키비아데스

알키비아데스의 용모가 수려하여, 소년 시절에는 남자들의 마음을 사로잡았고, 청년 시절에는 뭇 여인들의 가슴을 설레게 하였다고 한다. 그러한 알키비아데스를 두고 비온은 다음과 같이 야유하였다.

"알키비아데스가 소년 시절에는 남자들로 하여금 아내에게 등을 돌리게 하더니, 청년이 되어서는 아내들로 하여금 남편에게 등을 돌리게 하였다."

되찾은 대문 빗장

세 여인이 길을 가다 실한 음경 하나를 주웠다. 그것을 먼저 본 여인이 물건을 독차지하려 하자, 나머지 두 여인이 자기들에게도 소유권이 있다며 이의를 제기하였다. 여인들의 입씨름이 제자리를 맴돌 뿐 결판이 나지 않자, 세 여인은 인근 수녀원의 원장을 찾아가 공정한 심판을 내려달라고 청하였다. 수녀원장은 여인들이 가져온 물건을 잠시 바라보더니 이렇게 판결하였다.

"수녀원의 대문 빗장이 사라진 지 오래더니, 오늘에야 비로소 다시 찾게 되었구나!"

결코 돌려줄 수 없는 물건

이장그랭은 르나르의 꾐에 넘어가 어느 집에 있는 악기를 훔치러 들어갔다가, 그 집 개에게 아랫도리를 물려 거세를 당한다. 집으로 돌아와 잠자리에 든 후 부인이 그 사실을 알게 되고, 그 물건을 어찌했느냐는 부인의 추궁을 받는다. 그러자 얼떨결에 둘러대기를, 어느 수녀에게 빌려주었다고 한다. 그 말을 들은 부인이 남편에게 타이르듯 일깨워준다.

"참으로 경솔하셨습니다. 그 물건을 나으리께 돌려드리겠다며 그녀가 비록 서른 번을 맹세했고 또 온갖 담보물을 저당잡혔다 하더라도, 그녀는 결코 담보물들을 회수하려 하지 않을 것입니다. 어서 그 수녀에게 달려가세요. 만약 그녀가 그것을 단 한 번만이라도 만져보고 나면, 나으리께서 평생 그녀를 따라다니며 애걸한다 해도 그것을 돌려드리지 않을 것입니다."

고것이 도망을 치면 어쩌려고

볼로냐의 아그네시나 부인이 어느 날 귀부인들과 함께 환담하고 있었다. 귀부인들 중에는 갓 혼인한 젊은 새댁이 하나 있었는데, 아그네시나 부인은 그 새댁이 초야를 어떻게 치렀는지, 새댁 자신의 입을 통해 알고 싶었다. 그리하여, 결혼한 지 상당히 오래된 다른 젊은 여인들에게 먼저 질문을 던졌다. 그러자 가장 뻔뻔스럽고 대담한 여인이 서슴지 않고 대답하였다.

"저는 남편의 그것을 두 손으로 움켜잡았답니다."

다른 여인들도 못지 않게 스스럼없는 대답을 하였다. 아그네시나 부인이 드디어 새댁에게 물었다.

"그래, 자네는 어떻게 했나?" 그러자 새댁은 몹시 부끄러운 듯, 눈을 내리깔며 작은 소리로 대답하였다.

"저는 그것을 두 손가락으로 살짝 잡았나이다."

그러자 아그네시나 부인이 딱하다는 듯이 말했다.

"오! 저런, 고것이 도망을 치면 어쩌려고!"

열심히 배운 덕분입니다

　사물이나 사람이 남에게 이로움이나 해악을 끼치는 것
은, 기실 당사자의 의도와는 상관없는 경우가 많다. 박애주
의자가 처참한 재앙을 불러오는가 하면, 야비하고 추잡한
자가 뜻하지 않은 덕을 끼치는 경우도 있다. 그것이 자연의
실상이다.

　옛날, 프랑스 최고법원의 재판관 하나가 있었는데, 그의
나이 마흔이 되기 전에 부인을 잃었다. 그리하여, 이웃 유
부녀들이나 과부들과 은밀히 상관하며 위안을 얻었으나,
그 짓이 번거롭고 또 체통에 어울리지 않는다고 생각하게
되었다.

　그러던 중, 자기의 농토가 있는 시골 마을에 나이 열예닐
곱 된 처녀가 있음을 생각해내었다. 어느 늙은 과부의 딸이
었다. 그는 과부를 찾아가, 그녀의 딸을 자기가 데려가 집안
일을 돌보게 하겠노라 하였다. 늙은 과부가 딸을 선뜻 내어
준 것은 물론이다.

시골 처녀를 데려온 후, 그는 뜸을 들이며 그녀가 촌티와 땟국을 벗기를 참을성 있게 기다렸다. 하지만 그의 서기(書記)는 잠시도 기다리지 않았다. 서기가 처녀에게 말하였다.

"아가씨, 재판관님 댁에 온 시골 처녀들은 누구든 서기의 말에 고분고분 따라야 해요. 처녀들에게 도시의 생활 예절과 주인님의 성격을 잘 가르치고 알려주어, 주인님을 잘 모시도록 훈련시키는 것이 서기의 임무예요. 서기의 가르침에 잘 따르지 않는 가엾은 처녀들은 주인님 마음에 들지 않아, 결국 시골로 다시 쫓겨가게 되지요!"

"무엇이든 당신 뜻에 따르겠어요."

서기 녀석이 가르치겠다는 것이 무엇인지 새삼 언급할 필요가 있겠는가! 서기는 재판관이 집을 비울 때마다 느긋이 욕정을 채우며 처녀를 훈련시켰다. 어느덧 처녀의 얼굴에 윤기가 흐르고 몸가짐이 유연해졌으며, 어조에 감동적 음색이 드리워지기 시작하였고, 그 징후들을 포착한 재판관은 이제 수확할 때가 되었다고 판단하였다.

드디어 어느 날, 재판관이 서기를 시내로 심부름 보낸 다음, 처녀를 불러 다정히 포옹하였다. 그러자 처녀는 전혀 놀라지 않을 뿐 아니라 오히려 미소를 지으며 그를 맞았고, 침대에 눕히자 열렬히 응하였다. 재판관은 한편 놀라면서도 흡족하기 그지없었다. 그러나, 아직 시골의 겸손함과 순

박한 예의를 잃지 않은 듯, 흡족해하는 주인에게 그녀가 가
쁜 숨을 몰아쉬며 속삭였다.

　　"오! 주인님, 흡족해하시니 감사합니다! 서기로부터 날
마다 열심히 배운 덕분입니다. 서기는 정말 헌신적인 사람
입니다."

착한 딸들

앙주 지방에 부유한 귀족이 살고 있었다. 유서 깊은 가문이었고, 귀족의 성품 또한 너그러웠으나, 불행하게도 일찍 상처하였다. 그에게 딸 셋이 있었는데, 그녀들은 모친이 계시지 않음에도 아버지의 자애로운 보살핌 덕분으로 모두 아름답고 우아하게 성장하였다.

그러나, 아버지의 너그러운 성품 덕분에, 딸들은 인근의 젊은이들과 자유롭게 사귀었고, 그리하여 필연적으로 닥칠 일이 닥치고야 말았다. 큰딸의 배가 불러오는 것을 보고, 아버지는 그녀를 몇십 리 밖에 사는 그녀의 숙모댁으로 보내 은밀히 해산케 하였다. 하지만 둘째딸과 막내딸 역시 근심거리였다. 하는 수 없이 세 딸을 신속히 혼인시키기로 하고 사윗감을 물색하기 시작하였다. 하지만 이미 소문이 퍼졌으리라 생각하여, 인근에서 사윗감 찾는 것은 단념하고, 브르따뉴 해안지방으로 떠났다. 낭뜨 인근에 사는 어느 귀족 댁에 당도하니, 마침 아들 삼형제가 있었고, 모두 헌헌장부였다. 옛부터 서로의 명성을 익히 듣고 있었던지라, 두 가문은 어렵지 않게 혼인에 합의하였다.

사윗감 삼형제를 데리고 돌아온 아버지는 혼례일을 잡은 다음, 딸들을 조용히 불렀다. 그리고는, 첫날밤에 신랑의 질문에 가장 슬기롭게 답하는 사람에게 큰 상을 주겠다고 약속하였다. 딸들의 행실이 들통나 불미스러운 일이 생길까 저어했기 때문이다.

첫날밤, 큰딸이 신랑과 함께 잠자리에 들었을 때, 그녀의 온몸을 애무하던 신랑의 손이 아랫배에 이르렀다. 신부의 아랫배가 조금 느슨한 것을 감지한 신랑이 점잖게 말했다.

"오! 새가 둥지를 떠났군요!"

그러자 새색시가 다정한 음성으로 답하였다.

"그러니 어서 둥지로 드시지요. 그리고 둥지를 잘 지키세요!"

한편 둘째 딸의 몸을 애무하던 신랑은, 신부의 배가 볼록하게 솟은 것을 보고 놀란 듯 말하였다.

"어찌 된 일인가! 곳간이 벌써 가득 찼네!"

그러자 신부가 서슴지 않고 대꾸하였다.

"그러니 어서 곳간 문을 두드리시죠!"

그러는 동안 막내 사위가 신부를 대하고 보니, 이미 누가 지나갔음이 분명했고, 그리하여 넌지시 한 마디 하였다.

"누가 이미 길을 닦아놓았군!"

"그러니 낭군께서는 결코 길을 잃는 일은 없을 것입니다!"

다음날 아침, 딸들로부터 밤 사이의 일을 전해 들은 아버지는, 어느 딸에게 상을 주어야 할지 선뜻 판단하지 못하였다. 그리고 거듭 딸들을 칭찬할 뿐이었다.

"너희들 마음씨가 진정 착하구나!"

현자의 잔칫상

젊고 부유한 어느 귀족이, 아름다운 여인들과 친한 벗들을 자기의 저택으로 초대하였다. 질탕하게 마시고 즐기자는 뜻이었다. 불빛 은은한 실내에 진수성찬이 차려졌고, 식탁 둘레에는 한창 피어나는 여인들과 수려한 젊은이들이, 각자 쾌락에 흠뻑 빠져들 생각에 잠겨 앉아 있었다.

그런데 식탁 한귀퉁이에 끔찍하게 늙은 노파 하나가 앉아 있었다. 그 흉측한 몰골을 본 청년 하나가 눈살을 찌푸렸다. 그러자 곁에 있던 다른 청년이 그에게 다음과 같이 말하였다.

"옛 이집트인들이 잔칫상에 사람의 시신을 음식과 함께 통째로 올렸다는 이야기를 듣지 못하셨소? 다음날이라도 문득 더 이상 이 세상 사람이 아닐 수 있다는 사실을 깨달아, 살아 있는 동안 한껏 즐거워하라는 뜻이었다오.

이 댁 주인께서 저 물건을 잔칫상 한귀퉁이에 앉히신 것은, 우리 모두에게 그러한 뜻을 조심스럽게 알리고 싶었기 때문인 듯하오. 특히 아름다운 부인들께서, 나이 들어 시들기 전에, 흔연히 쾌락에 잠기라는 뜻인 것 같소."

어찌하여 주둥이를 벌렸단 말인가

용모 끌밋한 이탈리아 청년이, 프랑스에 온 지 얼마 되지 않은 어느 날 저녁, 무도회에 참석하였다. 그 무도회에는 젊고 아름다우며 현숙한 미망인 하나가 다른 여인들과 함께 참석했는데, 이탈리아 청년이 그 미망인과 짝을 이루어 춤을 추게 되었다. 그들은 피에몬테춤을 추었고, 그 춤의 관례대로 서로 입을 맞추게 되었다. 그 춤이 프랑스에 들어온 지 오래 되지 않아(15세기), 프랑스인들은 입을 맞춘다 해도 볼을 가볍게 스치는 것으로 그쳤으나, 이탈리아 청년은 자기 나라의 관습대로 여인의 입 속 깊숙이 자기의 혀를 밀어 넣었다.

무도회가 끝난 후, 미망인이 다른 여인들에게 그 즐겁고 충격적인 사실을 이야기해주었다. 그러자 여인들이 몹시 분개하며 그녀를 나무랐다.

"도대체 그러한 무례를 어떻게 참았어요? 그것은 로마나 베네치아에서 매춘부들에게나 하는 짓이에요."

여인들이 분개한 진정한 이유야 어찌 알 수 있으랴만, 여하튼 미망인은 여인들의 충동질에 이끌려 이탈리아 청년을 고발하였다. 재판관이 몇 가지 사실을 확인한 다음 청년에게 다시 물었다.

"당신이 그녀의 입에 혀를 밀어넣었다는 것이 사실입니까?"

"그래서는 아니됩니까?"

청년이 되물었다.

"그러한 짓은 행실 가벼운 여자들에게나 저지를 수 있는 것입니다. 당신은 상대를 잘못 고르셨습니다."

재판관의 그 말에 청년의 마음이 다급해졌다. 그가 서둘러 상황을 설명한다.

"그녀의 주장이 사실과는 다릅니다. 그녀는 제가 저의 혀를 그녀의 입 속으로 밀어넣었다고 하나, 제 기억으로는, 저의 혀가 그녀의 입 속으로 이끌려 들어갔을 뿐입니다. 수렁에 빠질 때처럼 불가항력적이었습니다. 제가 그녀에게 묻고 싶습니다. 그녀가 미치지 않았을진대, 어찌하여 주둥이를 벌렸단 말입니까?"

젊은이의 진술을 듣고 난 재판관이 한바탕 웃고 나서 무혐의 판정을 내린 다음, 미망인에게 조언하였다.

"차후로는 춤을 추실 때 입술을 단단히 조이시지요."

그대가 지난밤 그대의 침대에서 잤다면……

마음씨 착한 사제가 이웃 마을 사제를 저녁 식사에 초대하였다. 그리하여 할머니로부터 물려받은 은제 식기들을 모처럼 꺼내 손님을 대접하게 되었다. 그런데, 밤 열한 시가 지나 손님이 돌아간 후, 은제 식기들을 살펴보니 국자가 감쪽같이 사라졌다. 이웃 마을 사제가 비록 장난을 심하게 친다 해도, 그가 국자를 슬쩍해 갔으리라고는 차마 생각할 수가 없었다. 그렇다고 의혹을 말끔히 떨쳐버릴 수도 없었다. 다음날 아침, 사제는 이웃 마을 사제에게 짤막한 쪽지를 보냈다.

다정한 벗이여! 그대가 나의 국자를 훔쳐갔다고는 하지 않겠네. 그렇다 해서 그대가 국자를 훔쳐가지 않았다는 뜻은 더욱 아닐세. 하지만, 만약 그대가 국자를 잠시 빌려갔다면, 그것을 돌려보내 주시게. 내가 매우 귀중하게 여기는 물건이니…….

쪽지를 가지고 갔던 심부름꾼이 답장을 들고 돌아왔다.

다정한 벗이여! 그대가 사제관 하녀의 침실에서 잔다고는
하지 않겠네. 그렇다 해서, 그대가 그녀의 침실에서 자지
않는다는 뜻은 더욱 아닐세. 하지만, 만약 그대가 지난밤
그대의 침대에서 잤다면, 그대는 벌써 국자를 찾았을 걸
세. 내가 그것을 그대의 침대 속에 감추었으니까…….

불가사의

저질 농담?

어느 페르샤 청년이, 고국에 있는 벗에게 편지를 보내며 다음과 같이 말했다.

"신이 아담을 지상낙원에 만들어놓은 다음, 특정 과일은 먹지 말아야 한다는 조건을 내걸었다네. 하지만, 자기의 피조물이 장차 어떻게 행동할지 뻔히 아는 존재가, 그에게 은혜를 베풀며 그러한 조건을 내걸 수 있을까? 바그다드가 함락될 것을 뻔히 아는 사람이, 친구에게 다음과 같은 말을 했다고 가정해보세. '바그다드가 함락되지 않으면 그대에게 일백 토만을 주겠노라.' 그 따위 제안이 곧 저질 농담 아니겠는가?" ('토만'은 옛 페르샤 제국의 금화이다.)

아담이라는 그 얼간이 때문에……

어느 일요일 오전, 센느강 다리 밑에서 부스스 잠을 깬 거지 하나가, 근처에 있는 노틀담 성당 안으로 어슬렁거리며 들어갔다. 미사에 참석한 노인들로부터 한 푼 얻고, 또 사제의 강론을 들으며 무료함도 달래기 위함이었다. 미사가 끝나자 곧장 다리 밑으로 돌아온 그는, 동료들에게 근엄한 어조로 다음과 같이 말하였다.

"제기랄! 아담이 저지른 죄로 말미암아 고통이라는 것이 처음 세상에 나타났다. 따라서, 그 얼간이가 죄를 짓지 않았다면, 우리에게는 습진도, 기계총도, 옴도, 사면발이도, 매독도 없을 것이다. 그리고, 우리의 그 모든 병을 고쳐준다는 의사도 없을 것이다!"

우선 죄를 지어야 합니다

어느 시골 성당에서 사제가 아이들을 모아놓고 교리를 가르치고 있었다. 사제가 아이들에게 물었다.

"얘들아, 하느님께서 우리의 죄를 용서해주시도록 하려면, 우리가 무슨 일부터 서둘러 해야 할까?"

그러자 아이 하나가 번쩍 손을 들더니, 귀엽고 씩씩한 목소리로 대답하였다.

"우선 죄를 지어야 합니다!"

무지한 그들도 영원한 형벌을 받을까?

유럽을 여행 중인 페르샤 청년이 고국에 있는 회계 승려에게 서한을 보내 다음과 같은 물었다.

"영혼들의 탁월한 인도자시여, 이곳 유럽의 이교도들에 대해서는 어찌 생각하시는가? 심판의 날, 그들도 저 신앙심 없는 터키인들처럼, 유대인들을 등에 태우고 부지런히 지옥으로 달려갈 당나귀가 될까? 물론 그들이 선지자들의 거처에는 들어갈 수 없고, 또 위대한 선지자께서 그들을 위해 이 땅에 오신 것이 아님은 잘 알고 있네. 하지만, 불운하여 그들의 나라에 회교 사원이 없었다 해서, 그들이 영원한 형벌을 받아야한다고 믿으시는가? 또한 신께서는, 당신께서 그들에게 가르쳐주시지도 않은 것을 그들이 믿지 않았다 해서, 그들을 단죄하실까?"

억울하다고 항변하는 자들에게는 불경죄가 추가된다

옛날, 툭하면 사람들은 불더미에 던져 태워 죽이던 시절, 어느 종교재판에서 근엄하고 정갈하고 해박한 성직자 하나가 다음같이 논고하였다.

"신성한 정의라는 것은 인간적 정의와는 전혀 다르다. 신학자들은 그것이 무엇인지 잘 안다. 단 한 사람이 저지른 잘못에 대한 벌을 모든 사람들이 받게 한 신의 조치는, 신학적 정의에 입각한 것이다. 신이 자기의 정의본능을 충족시키기 위해, 자기의 무고한 아들이 죽임을 당하도록 한 것도 정의 때문이다. 어미의 젖꼭지에 매달린 어린 것들을 샅샅이 찾아내어 도륙한 것도 같은 이유에서이다. 그가 은총 베풀기를 거절한 모든 쭉정이들을 영원히 꺼지지 않을 불에 굽는 것도 정의에 입각해서이다. 자신들과 똑같이 생각하는 특혜를 받지 못한 사탄의 앞잡이들을 불더미에 던져, 산채로 지글지글 굽는 사제들의 행위 역시 정의에 입각한 것이다. 신학적 혹은 신성한 정의와, 저주받은 자들이 주장하는 세속적 정의는 전혀 다른 것이다. 따라서, 참람하게도 '억울하게 죽는다'고 항변하는 뻔뻔스러운 자들에게는 불경죄가 추가될 것이다!"

누가 자기의 콧등을 튕겨도 속수무책인 존재

분명 술은 모든 실수의 소이연이며 루시퍼의 정기(精氣)
이다. 항상 술에 취해 지내던 옛 프랑스의 어느 간 큰 나으
리가, 결국 다음과 같이 쏟아놓고야 말았다.

"신의 비위를 상하게 하거나, 그가 계획한 바를 방해하
며, 그가 아끼는 질서를 뒤흔들 만한 위력을 가진 생각이나
언행, 그 모든 것을 가리켜 죄라 한다. 그런데, 그러한 것들
이 사방에 널려 있다. 사방에 죄가 지천이라는 사실로 미루
어보건대, 우리 인간의 위력 또한 대단하다. 신이 인간에게
자유의지를 주었으니, 그 역시 인간이 무슨 짓을 저지르든
내버려둘 수밖에 없다. 심지어 인간이 자기의 콧등을 손가
락으로 튕겨도 그것을 막지 못하는 형편이다!"

진정한 범죄

중세의 어느 종교 재판에서 재판관 하나가 다음과 같은 불후의 명언을 남겼다.

"전쟁, 학살, 혹세무민, 선동, 사기 등, 소위 반사회적 행위라고 하는 것들은 범죄가 아니다. 미물들의 집단에 불과한, 그 사회라고 하는 것에 해를 끼친들, 그것이 신성한 율법에는 추호도 저촉되지 않는다. 진정한 범죄는, 신을 모시고 제사를 받드는 이들에게 티끌만큼이라도 해를 끼치는 행위이다. 하지만 그 여러 행위 중에서도 가장 큰 죄는, 그들을 신뢰하지 않고 그들의 견해에 토를 다는 행위와 그들을 멸시하는 태도이다. 그러한 대죄를 저지른 자들은 하느님도 어쩌실 수 없다. 우리가 그들을, 이 세상에서건 저 세상에서건, 몽땅 불에 던져 서서히 산채로 구울 것이기 때문이다!"

사람의 일을 누가 압니까

어느 시골 성당에서 마을 사제가 열심히 강론을 하고 있었다. 그런데, 사제의 입에서 마귀라는 단어가 나올 때마다, 두 손을 모으며 상체를 깊숙이 숙여 경건히 예를 표하는 신도 하나가 사제의 눈에 띄었다. 미사를 마친 다음, 사제가 그 신도에게 다가가서 나무라듯 물었다.

"어찌 된 일인가? 이제는 마귀에게도 경배하는가?"

그러자 신도가 겸연쩍게 웃으며 이렇게 대답하였다.

"오! 사제님, 약간의 예의를 차린다 해서 손해볼 것은 없지요. 뿐만 아니라, 제가 장차 어디로 갈지 누가 압니까?"

소신처럼 늙은 마귀가 성수 따위를 두려워하리까

프랑수와 I세(1494~1547년)의 막하에 기지 뛰어나고 농담 잘하던 신하가 있었다. 어떤 이들은 그의 이름이 가동(Gadon)이었다고 하는데, 확실치는 않다.

어느 날, 프랑수와 I세와 끊임없는 쟁투를 벌이던 황제 샤를르깽(까를로스 낀또스, 1500~1558년)이, 대군을 거느리고 진격해 온다는 급보가 날아들었다. 왕이 긴급 작전 회의를 소집하여 방어책을 논의하는데, 어떤 이는 가스꼬뉴인들의 지원을 받자 하고, 어떤 이들은 알레마니아(도이칠란드) 용병을 부르자고 하며, 의논이 분분하였다. 하지만 그 모든 의견이 실현성 없는 것들뿐이었다. 그러자 가동이 천천히 왕에게 아뢰었다.

"모두들 희망 사항만을 피력하옵는 바, 전하께서 허락하옵시면, 소신도 한 가지 희망하는 바를 아뢰겠나이다. 하지만 제가 희망하는 것은, 가스꼬뉴인들이나 알레마니아 용병을 부르는 것과는 달리, 전혀 경비가 들지 않나이다."

"경이 희망하는 바를 어서 말씀해보시오."

왕이 선뜻 윤허하자 가동이 다시 아뢰었다.

"소신이 원하는 바는, 제가 약 십오 분 동안만 마귀로 변하는 것입니다."

"그 소원이 이루어지면 대체 무슨 일을 하실 작정이오?"

"곧장 황제에게 달려가 그의 목을 부러뜨리겠나이다."

"참으로 분별없는 말씀이시오! 우리 나라처럼 황제의 나라에도, 마귀를 쫓는 성수(聖水)가 있음을 모른단 말씀이오?"

왕이 웃으며 그렇게 대답하자, 가동이 정색을 하고 아뢰었다.

"자기의 본분을 모르는 젊은 마귀라면 성수를 보고 도망칠지 모르겠사오나, 소신처럼 늙은 마귀가 맹물에 불과한 성수 따위를 두려워하리까?"

마귀는 신이 부리는 바람잡이

마귀와 은밀히 내통한다는 누명을 쓰고 산채로 불더미에 던져지게 된 유랑시인이 있었다. 하프 다루는 솜씨가 신기에 가깝고, 그의 이야기가 사람들의 혼을 사로잡을 지경이었기 때문에 그러한 누명을 쓴 것이다. 그가 처형되기 전날, 항상 구걸행각을 함께 하던 벗에게 그는 다음과 같이 소회를 털어놓았다.

"소크라테스도 그의 다이몬(데몬, 즉 마귀) 때문에 독배를 마시게 되었지. 하지만 나에게는 그러한 다이몬이 찾아온 적도 없다네. 나를 죽이기로 한 자들이 말하는 마귀란, 천상 궁궐의 필수적인 시동이며, 지상의 교회에서 주동적인 역할을 맡은 존재라네. 신은 그를 말 한 마디로 없애버릴 수도 있으나, 절대로 그러한 실수는 저지르지 않지. 규탄받을 모든 바보짓은 그의 탓으로 돌릴 수 있으니, 그가 얼마나 필요한 존재인가! 그리하여 마귀가 무슨 짓을 저지르든 내버려두며, 자기의 처와 자식, 심지어 자기에게까지 못된 장난을 쳐도 언제나 참고 견딘다네. 신에게는 마귀가 없어서는 아니 될 존재야. 신에 대한 경외심이라는 것이 대개의 경우 마귀에 대한 두려움에 불과하기 때문이지. 그 두려움이 곧 대다수 착한 열성 신도들의 신앙이라네. 그들도 만약 마귀가 없다면, 신이나 사제들을 대수롭게 여기지 않을 걸세. 다시 말해, 하늘에서나 이 지상에서나, 마귀는 신이 부리는 바람잡이라네. 그러니 생각해보시게, 그 바람잡이가 나처럼 가난하고 불쌍한 놈과 상종이나 하겠는가!"

재앙이 종교와 폭군의 존속을 담보해준다

세속적 권력의 정점에 이르러, 마침내 국왕을 자기의 충직한 개로 전락시키고, 이승과 천국과 지옥을 호령하던 여우 같은 추기경이, 세상을 비웃으며 다음과 같이 고백하였다.

"극도의 두려움에 사로잡히거나 극도의 불행에 빠질 때, 사람들은 외설스럽고 걷잡을 수 없는 열성 신도로 변한다. 따라서 성직자들의 만족감을 확보해주는 것은 잦은 재앙이다. 특히 흑사병이나 기타 전염병이 그러하다. 그러한 재앙이 휩쓸고 지나간 후에는 상속자 없는 재산을 거둬들일 수 있고, 그러지 못하더라도 많은 장례식이 기다리고 있어 즐겁다. 하지만 그러한 소득들은 젯상에서 굴러떨어진 과자 부스러기에 불과하다. 재앙이 그들에게 가져다주는 진정한 선물은, 증폭되고 확산된 공포감이다. 그 공포감이 지옥과 고문실을 얼핏 보여줌으로써, 모든 종교와 폭군들의 존속을 담보해주기 때문이다. 또한 하늘이 재앙을 보내주지 않으

면, 「계시록」을 썼다는 요한이나, 노스트라다무스(1503~
1566년)와 같은 점쟁이들을 동원하면 된다."

이 세상에서 가장 명료한 신탁

신심 깊고 명석했던 중세의 어느 수도사는, 죽을 때까지 은밀히 감추고 있던 자기의 명상 수첩에 다음과 같은 구절을 남겼다.

거짓말의 아비 마귀가 하는 모호하고 애매한 대답, 그것이 신탁(神託)이다. 옛날에는 이교도들의 사제들, 그 뛰어난 사기꾼들의 목소리를 빌려 신탁을 내렸다. 그러나 조물주의 아드님이 이 세상에 오신 이후부터는, 그 속임수 신탁들이 자취를 감추었다. 그리고 아테네와 델포이, 로마 등지의 무수한 점집들이 깡그리 간판을 내렸다. 그 이후 온 유럽이 오직 하나의 통일된 신탁만을 듣게 되었다. 참으로 경이로운 축복이다! 그 새로운 유일신탁이 어찌나 이해하기 쉽고 명료한지, 그 의미를 놓고 입씨름을 벌일 여지조차 남아 있지 않다.

왜 서둘러 죽지 않는가

주지하는 바와 같이 오르페우스는 트라케의 전설적인 음악가로, 자기의 죽은 연인 에우리디케를 찾으러 저승까지 다녀왔다고 한다. 그리하여 오르페우스의 신비주의가, 한때는 그리스 전역에 만연하였던 모양이다. 심지어 어떤 이들은 그리스도교의 근원을 오르페우스 신화에서 찾기도 한다.

안티스테네스가 어느 날, 오르페우스의 신비주의를 설하는 모임에 참석하였다. 그 비교(秘敎)를 설하는 사제는, 그것에 입문한 모든 사람들이 저승에서 큰 보상을 받게 될 것이라 하였다. 묵묵히 앉아서 설교를 듣고 있던 안티스테네스가, 문득 언성을 높여 사제에게 힐난조로 물었다.

"그렇다면 당신은 왜 서둘러 죽지 않고 이곳에 남아 서성거리는가?"

벌거숭이로 부활하면 어찌하나

클레오파트라(기원전 69~30년)가 유대교 율법사에게 물었다.

"우리가 훗날 부활할 때 벌거숭이로 되살아납니까?"

그녀가 화려한 치장을 좋아했을 뿐만 아니라, 지체 높고 아름다운 여인이었으니, 당연한 질문이다.

"아무 염려 마옵소서. 깨끗하고 화려한 옷을 차려입으시고 부활하실 것입니다. 밭에 뿌린 밀 씨앗이 죽었다가 부활할 때, 싱싱한 껍질에 감싸여 이삭을 이루며 힘차게 치솟는 이치와 같습니다."

마법사들이 다스리는 나라

유럽 땅을 처음으로 밟은 페르샤 청년이, 고국에 있는 벗에게 편지를 보내며, 유럽의 풍정을 다음과 같이 그렸다.

……뿐만 아니라 이 왕은 대단한 마법사라네…… 그는 심지어, 자기가 백성들의 몸에 손을 대기만 해도 그들의 병이 씻은 듯이 낫는다고 하며, 또 백성들이 그의 말을 믿는다네. 백성들의 영혼 위에 그만큼 강력하게 군림하는 탓이지. 하지만 이 군주에 대한 이야기에 너무 놀라지는 말게. 그보다 훨씬 강력한 또 다른 마법사가 있다네. 그 마법사를 사람들은 '아빠'라고 부르지. 그는 셋이 실은 하나일 뿐이라고도 하고, 우리가 먹는 빵을 가리켜 빵이 아니라고도 하며, 일상 마시는 포도주도 포도주가 아니라고 한다네. 뿐만 아니라, 그런 종류의 이야기가 수천 가지도 넘는다네.

더럽혀진 심신을 성지에 들러 씻고 돌아오시게

상전을 모시고 유럽 여행길에 오른 어느 시종에게, 페르샤에 남아 있던 동료가 다음과 같은 편지를 보냈다.

진실한 신앙을 가져본 적이 없는 그리스도교도들이 살고 있는 여러 나라를 장차 두루 여행할 것이니, 그대가 심신을 더럽히지 않기는 거의 불가능한 일이네. 수백만의 적들 가운데 휩쓸려 있는 그대를, 우리의 선지자께서 어찌 편안히 바라보실 수 있겠는가? 내 간곡히 원하거니와, 우리의 주인님께서 귀환하시는 길에, 메카에 들러 참배를 하셨으면 좋겠네. 그렇게 함으로써, 주인님과 그대 모두, 천사들의 땅에서 심신을 정화하실 수 있을 것이네.

존재하지도 않는 것조차 나를 박해하는구나

바빌로니아의 칼데아 지방에서 있었던 일이다. 세속의 비정함과 인생무상을 절감한, 부유하고 인품 고아한 어느 젊은이가, 한적한 시골에서 철학자들과 교류하며 평화롭게 살아가고 있었다. 그런데 어느 날, 그의 집에 모인 철학자들 사이에 입씨름이 벌어졌다. 즉, 조로아스터(짜라투스트라, 기원전 6세기)의 가르침을 받들어, 그뤼푸스라는 짐승은 결코 먹지 말아야 한다는 사람들과, 그 짐승이 존재하지도 않는데, 그것을 먹지 말라는 가르침을 내릴 수 있느냐고 주장하는 사람들간의 입씨름이었다.

사자의 몸뚱이에 독수리의 머리와 날개를 가졌다는 전설적 짐승이 그뤼푸스임을 익히 알고 있으며, 또 자기의 집에 모인 사람들간에 싸움이 벌어질까 저어한 젊은이가, 결국 중재자로 나섰다.

"여러분! 그뤼푸스가 정말 존재한다면 그것을 먹지 말도록 합시다. 또한 그것이 존재하지 않는다면, 우리가 그것을 먹을 수 없으리니, 우리 모두 조로아스터의 가르침을 충실히 받드는 것 아니리까?"

그런데, 모인 사람들 중에, 그뤼푸스의 특성에 관해 저서 열세 권을 펴낸 유명한 승려가 있었다. 그는 젊은이가 그뤼푸스의 존재 자체에 대해 의심을 드러냈다고 여겨, 젊은이에게 앙심을 품게 되었다. 그는 칼데아에서 가장 광신적인 우두머리 승려를 찾아가, 태양신의 영광을 위해 젊은이의 몸에 말뚝을 박아 처형해야 한다며 그를 규탄하였다. 참혹한 사형 언도를 받은 젊은이는, 자기가 사랑하던 아름다운 여인을 우두머리 승려에게 바치고서야 죽음을 면하였다. 그리고 홀로 탄식하였다.

"무상한 것이 행복이로다! 이 세상의 모든 것이 나를 괴롭히더니, 이제는 존재하지도 않는 것조차 나를 박해하는구나!"

불가능한 것들을 믿는 것이 신앙의 요체입니다

교황 알렉산드로스 VI세(1431~1503년, 제212대 교황)의 딸 루크레치아가 아기를 낳게 되었다. 그러자 로마 상류 사회에서는, 그 아기가 교황의 자식일 거라는 주장과, 교황의 아들 발랑띠누와 공작의 자식이라는 주장, 그리고 루크레치아의 남편 알폰소의 자식이라는 주장 등이 엇갈려 분분하였다. 그러나 루크레치아의 남편 알폰소는, 남자 구실을 못하는 사람으로 널리 알려진 터였다.

어느 날 교황이 고급 매춘부 에밀리아의 집에서, 평소 친숙하게 지내던 귀족과 담소하던 중 그에게 물었다.

"그대는 내 외손자의 진정한 아비가 누구라고 생각하시는가?"

"성하(聖下)의 사위라 굳게 믿나이다."

귀족의 대답에 교황이 웃으며 반문하였다.

"어떻게 그 바보들의 주장을 믿으신다는 말씀인가?"

"저는 신앙에 입각하여 그 주장을 믿나이다."

"고자는 여자를 수태시킬 수 없음을 모르신다는 말씀인가?"

그러자 귀족이 정색을 하며 교황께 아뢰었다.

"불가능한 것들을 믿는 것이 신앙의 요체이옵니다! 뿐만 아니오라, 성하의 가문에 드리워진 영광은, 루크레치아 아씨의 아들이 근친상간의 열매로 간주됨을 용납치 않나이다. 성하께옵서는 저로 하여금 그 일보다 더 불가해한 것들도 믿게 하시옵니다. 독사가 여인에게 말을 하였고 (「창세기」), 그 사건으로 인하여 모든 인간이 죄를 얻었으며, 발라암(「민수기」, 「여호수아」 등)의 암탕나귀 역시 유창하게 말을 하였고, 예리고(「여호수아」)의 성벽이 트럼펫 소리에 무너져내렸다는 이야기 등을 믿지 않으려 한다면, 제가 무슨 수로 배겨나리까!"

박애주의자의 절박한 외침

"암당귀가 인간의 말을 했다는 사실을 믿으라! 어느 물고기가 남자 하나를 삼켰다가 사흘 후에 물가에 토해놓았는데, 그 남자가 멀쩡하고 원기 왕성했다는 사실을 믿으라! 우주 만사를 주관하는 절대신이 어느 유대 선지자(에제키엘, 에스겔)에게 똥을 먹으라 했고, 다른 선지자(호세아)에게는 매춘부 둘을 사서 그 매춘부들로부터 자식들을 얻으라 했다는 사실을 의심치 말라! 진실과 순결의 신께서 하신 말씀이니, 외견상 구역질 나고 수학적으로 불가능한 그 수백 가지 일들을 믿어야 하느니라! 만약 그것들을 믿지 않는다면, 자비로운 신께서 그대를 수십억 년 동안, 아니 영원히, 그대의 육신이 남아있건 없건, 불에 서서히 구우실 것이니라!"

이상은, 사람들의 피와 골수를 빨아먹어 통통해진 어느 박애주의자의 절박한 외침이다.

아주 간단하고 가장 명료한 것이 신비이다

　뭇 종교의 근간인 신비의 실체를 규명하려 애쓰던 어느 딱한 철학자가, 드디어 다음과 같은 명쾌한 결론에 도달하였다.

　"이해할 수 없는 것들, 그러나 믿어야 하는 것들, 그러한 것들이 신비이다. 하지만 믿음만 있으면 신비를 믿기가 아주 쉬워진다. 인간의 무지를 딱하게 여긴 나머지, 조물주가 자비로움에 이끌려, 그것들을 사람들에게 가르쳐주겠노라 지상에 내려왔다. 그들에게 아무리 거듭 가르친다 해도 결코 알아듣지 못할 것을 가르치기 위하여, 그는 천상 옥좌에서 일어나 이곳으로 내려왔다. 하지만 신비라는 것이 무엇인지 여전히 모르겠다고? 아주 간단하고 명료한 것들이 신비이다. 사제들을 당황케 하는 것들, 그들이 설명할 수 없는 것들, 혹은 상식에 배치되는 것들, 기타 그러한 것들과 유사한 것들이 모두 신비이다."

범죄자로 살다가 정결한 사람으로 죽는 비결

"강간, 살인, 약탈, 횡령, 신성 모독, 그리고 기타 가장 혐오스러운 죄를 저지른 자라도, 짐이 그를 물로 씻어주기만 하면 즉시 깨끗하고 순결해질 것이니라."

콘스탄티누스 대제(280년경~337년)의 말이다. 황제의 그 고마운 말이 전해지자, 모든 군주들과 세력가들은 일제히 차일피일하며, 영세받는 일을 죽음이 닥칠 때까지 미루었다. 평생 범죄자로 살다가 정결한 사람으로 돌변하여 죽을 수 있는 비결을 발견했기 때문이다.

자식들에게 천국을 확보해주는 길

갓 태어난 어린것들에게 세례를 주는 이유는, 그 아이들이 태초로부터 물려받아 가지고 태어난 죄를 씻어주기 위함이다. 따라서, 세례를 받은 이후 철이 들 때까지의 기간에는, 아이들이 모두 순결한 상태로 보존된다. 하지만 그들이 세속에 눈을 뜨는 순간, 최초의 세탁 효과는 사라지고, 다시 죄악에 물들기 시작한다.

어느 누구도 피하기 어려운 그 불행한 사태를 보다 못해, 어떤 열성신도들은, 아이들에게 세례를 준 다음 서둘러 어린것들을 죽여버렸다. 그리고는 이렇게 말하였다.

"이것이, 순결한 우리 아이들에게 우리가 베풀 수 있는 가장 큰 선물이다. 우리들은 우리의 어린것들이 이 세상에서 감당해야 할 악하고, 추하고, 불행한 삶을 미연에 방지해 줄 뿐만 아니라, 그들에게 영원한 천국을 확보해 준다!"

난처해진 성령

    서기 431년, 에페소스 공의회에서 콘스탄티노플의 주교 네스토리우스가 탄핵을 받았다. 이단을 혹독하게 박해하던 그였건만, 이번에는 자신이 이단으로 몰린 것이다. 예수가 신임에는 틀림없으나, 그의 모친은 신의 어머니가 아니고 그저 예수의 어머니일 뿐이라는 그의 주장 때문이었다.

    네스토리우스의 추종자들이 물론 수수방관할 리 없었다. 그들은 네스토리우스를 탄핵한 사람을 즉시 탄핵하기 시작하였고, 그리하여 '결코 잘못을 저지를 수 없는 분들'의, 즉 주교들의, 아귀다툼은 끝없이 계속되었다. 그때의 일을 술회하며 볼떼르는 이렇게 한 마디 하였다.

    "성령께서 몹시 난처하셨을 것이다!"

사람은 발꿈치로도 생각할 수 있다

중세 프랑스에서 있었던 일이다. 성품 개결하고 우스개 이야기를 잘 짓던 유랑 시인이 종교 재판에 끌려왔다. 탐욕스럽고 음험하며 칙칙한 성직자들의 비위를 건드렸기 때문이다. 판사가 그에게, 사람이 머리를 잃어도 생각할 수 있느냐고 물었다. 유랑 시인은 물론 불가능한 일이라고 대답하였다. 그러자 판사가 엄숙하고 장중한 어조로 판결을 내렸다.

"영혼이란 순결한 정령이다. 반면에, 머리란 한덩이 물질에 불과하다. 하느님께서는 사람의 영혼을 뇌수 속뿐만 아니라 발꿈치 속에도 놓으실 수 있다. 그러니 머리가 잘려 나갔다 하여 어찌 생각을 못하겠는가? 하느님의 전능하심을 부정하는 그대가 참으로 불경스럽도다. 그대의 혀가 마귀의 뜻에 따라 움직이니, 그대를 불에 태워 정결케 하리라!"

자네가 짐승이고 나는 천사야!

서로 다른 종파에 속하는 두 광신도가 입씨름을 벌이고 있었다.

"우리 종파의 가르침이 모호하다는 사실은 솔직히 시인하네. 하지만 그것이 모호하다는 특성 때문에라도 그것을 믿어야하네. 더구나 우리 종파는 자신이 모호함 투성이임을 인정하니까! 게다가 우리 종파는 아주 괴상해. 따라서 무척 신성하지! 만약 신성하지 않다면, 그 미친 소리같은 교리를 숱한 사람들이 믿고 따를 까닭이 있겠는가? 이를테면, 천사의 얼굴과 짐승의 얼굴을 함께 가지고 있는「코란」과 같다고 할 수 있지. 그러니 짐승의 낯짝만 보고 불쾌감에 사로잡힐 것이 아니라, 천사의 얼굴에 경배하면 되네."

그 미친소리를 잠자코 듣고만 있던 다른 광신도가 냉큼 대꾸하였다.

"짐승은 자네의 종파이고, 천사는 우리 종파야!"

밀수 단속꾼들?

　프랑스의 어느 철학자는 이 세상에 존재하는 온갖 종파의 사제들에 대하여 다음과 같은 견해를 개진하였다.

　"사람들의 뇌수에서 꿈틀거리는 일체의 움직임에 신들은 몹시 화를 낸다. 특히 그 움직임이 사제들의 지도를 받지 않았을 경우 더욱 그러하다. 어떠한 신이건, 자기를 모시는 사람들처럼 사유하지 않는 이들은 여지없이 지옥에 처박는다. 신을 모시는 사람들만이 다른 이들을 대신하여 사유할 수 있는 전권을 위임받았기 때문이다. 그리하여, 신의 대리자들, 혹은 전권공사들은, 신도들의 의식을 후벼파고 샅샅이 뒤지는데, 이는 신도들의 뇌수 속으로 혹시 밀수입된 사상이 침투하지 않을까 저어하기 때문이다."

저는 석수장이입니다

옛날 프랑스의 어느 시골에 유식함을 뽐내던 사제가 있었다. 입만 열면 고대 로마의 철학자들이 즐겨 쓰던 어휘가 줄줄 쏟아져나왔고, 그리하여 순박한 신도들은 그의 말을 이해하지 못하였다. 어느 날 석공 하나가 고해실을 찾았다. 사제가 즉시 질문을 던졌다.

"그대는 야심가인가?"

석공은 '야심'이라는 것이 무엇인지조차 몰랐지만, 여하튼 자기는 석공인지라 선뜻 대답하였다.

"아니옵니다!"

사제의 질문이 계속되었다.

"간음꾼인가?"

"아니옵니다!"

"그러면 탐식가인가?"

"그것도 아니옵니다!"

"성마른 자인가?"

"아니옵니다!"

"위선자인가?"

"아니옵니다!"

드디어 사제의 언성이 높아졌다.

"그러면 뭐란 말인가?"

"저는 석수장이입니다. 여기 이 정을 보옵소서."

저는 오직 양들만을 충실히 지켰나이다

얼마 후, 이번에는 목동 하나가 고해실을 찾았다. 사제가 근엄한 음성으로 질문을 시작하였다.

"잘 왔네, 친구여! 그 동안 하느님의 율법을 잘 지켰는가?"

목동은 꾀바른 녀석이었던지라, 사제를 조롱하기로 작정하고 선뜻 대답하였다.

"천만에요!"

사제가 펄쩍 뛰며 목동을 나무랐다.

"자네는 큰 잘못을 저질렀네! 그러면 교회의 계율은 잘 지켰겠지?"

"천만에요!"

한편 놀라고, 한편 심기가 상한 사제가 고함치듯 물었다.

"그러면 무엇을 지켰는가?"

"저는 오직 양들만을 늑대들로부터 충실히 지켰나이다!"

믿어야 할 것을 찾지 않고 믿는 것만을 찾았다오

어떤 젊은이가 수도원의 도서관을 구경하러 갔다.

서고에 들어서니 두툼한 책들이 한쪽 벽을 가득 메우고 있었다. 젊은이가 도서관에 있던 나이 지긋한 신부에게 물었다.

"신부님, 저쪽 벽을 가득 메우고 있는 책들은 다 무슨 책들입니까?"

"성서를 해설한 책들이라오."

"참으로 많기도 합니다! 전에는 성서의 내용이 모호했을지 몰라도, 이제는 아주 명료해졌겠습니다. 성서의 내용 중 아직도 풀리지 않은 의문점이나 이의가 제기될 만한 점이 남아 있을까요?"

"남아 있느냐고? 맙소사! 남아 있느냐고? ……거의 모든 행마다 아직도 이의와 이견이 제기되고 있다오."

"그렇습니까? 그렇다면 저 책들을 지은 사람들은 도대체 무엇들을 했습니까?"

"그 사람들은 성경에서 믿어야 할 것을 찾은 것이 아니라, 각자 자기가 믿는 것만을 열심히 찾았다오."

교회의 진정한 대들보가 되련만

먼 여행길에 오른 수도사 하나가 저녁나절에 여인숙 안으로 들어섰다. 그가 보자니, 다른 여행객들은 여인숙 주인과 함께 식탁에 둘러앉아, 이미 식사를 하고 있었다. 서둘러 식탁으로 다가가서 자리를 잡은 수도사는 부지런히 먹기 시작하였다. 자기가 다른 사람들보다 늦게 시작하였으니, 서둘러야만 손해를 벌충할 수 있다고 생각했던 것이다. 식사를 다른 사람들보다 늦게 시작했어도 숙식비는 같지 않은가! 허겁지겁 입 속으로 쓸어넣는 모습이 마치 사흘쯤 굶은 사람 같았다.

그런데, 수도사의 다급한 마음을 아는지 모르는지, 점잖은 여행객 하나가 그에게 이것저것을 자꾸만 묻는다.

"수도사들은 보통 어떤 옷을 입으시는가?"

"질긴 옷."

"평소에 어떤 빵을 잡수시오?"

"회갈색 빵."

"수도사들께서는 어떤 포도주를 즐겨 마시나요?"

"핑크."

"육류로는 어떤 고기를 자주 드시나?"

"소."

"금요일에는, 즉 금육일에는 무엇들을 잡수시나?"

"계란."

"그러면 계란을 각 사람에게 몇 개씩이나 드리나?"

"둘."

수도사의 대답은 여일하게 간단 명료했고, 질문에 답변하면서도 그의 이빨질은 잠시도 멈추지 않았다. 길고 지루한 강론이나 애매모호한 설교와는 너무나 큰 대조를 보였다. 질문을 던지던 여행객이 나지막하게 한 마디 하였다.

"미사 강론도 저토록 짧게 한다면 장차 교회의 진정한 대들보가 되련만!"

그래도 사리는 분별할 줄 알았다

　성직자들과 입씨름을 하다, 그들의 궤변과 억지에 마음이 상하고 지친 어느 프랑스 철학자가, 결국 참지 못하고 다음과 같이 내뱉고 말았다.

　"콘스탄티누스 황제가 간악한 사람이었음은 나도 인정한다. 목욕실에서 자기의 부인을 질식시켜 죽였고, 자신의 아들을 목 잘라 죽였으며, 장인과 처남, 조카 등을 살해한, 패륜적 친족 살해범이었음을 부인하지 않는다. 또한, 극도로 오만하고, 쾌락에 빠져 흥청거렸다는 사실 또한 인정한다. 한마디로 혐오스러운 폭군이었다. 하지만, 몽매한 광신도들과는 달리, 사리만은 분별할 줄 알았던 모양이다. 사리를 분명히 따져 추론하지 않고는, 황제의 자리에 오르지도 못하려니와, 그 숱한 경쟁자들과 적들을 복속시키지 못하기 때문이다."

커다란 위안

길가에 떨어져 있는 촛대 하나를 주워, 그것을 팔려다 절도죄를 뒤집어쓰게 된 유랑악사가 있었다. 불운하게도 그 촛대는 인근 성당의 주제단에 있던 것이었고, 그리하여 유랑악사는 성령 모독과 성전 유린죄로 화형에 처해지게 되었다. 다음은 그 유랑악사의 최후 진술 중 한 대목이다.

"인간이 비록 이 지상에서 온갖 고통에 시달리고 혹독한 시련을 겪는다 할지라도, 모든 사람들에게는 다행히 커다란 위안이 있다. 그 위안이란, 인간을 이 지경까지 방치한 조물주가 언젠가는 자비를 베풀 것이라는 막연한 믿음이다. 특히, 헐벗고 굶주려 오들오들 떠는 사람들에게는 더 큰 위안이 기다리고 있다. 먹고 입을 것, 즉 이 세상의 헛된 것들을 찾아다니고, 그것들이 풍족한 사람들을 부러워하고, 그 멸시해야 할 것들 앞에서 군침을 흘린 대가로, 그들은 영원히 꺼지지 않는 지옥의 불을 얻게 될 것이다. 심신이 추워 오들오들 떠는 사람에게, 그것보다 더 큰 선물이 있겠는가!"

불의 종교

옛 프랑스의 어느 철학자가 비망록에 다음과 같은 구절을 남겼다.

조로아스터교나 바라문교 신도들은 불을 숭상한다. 하지만 그 두 종교보다 불을 더 좋아하고 가까이 하는 종교가 있다. 우리 유럽인들의 대다수를 천치로 만들어놓은 종교가 그것이다. 그 종교의 진정한 신도들은 신성한 사랑으로 끊임없이, 또 숨 돌릴 겨를 없이, 타올라야 하고, 사제들은 열성으로 타올라야 한다. 그리고 군주들과 관리들은, 이단자들과 이교도들을 불에 태우는 일에 그들의 모든 열정을 활활 지펴야 한다. 진정, 모든 배화교들 중 으뜸이다.

신이 영양실조로 죽으면 어쩌나

사육제(謝肉祭)도 세태와 시대에 따라 변한다. 어느 옛 철학자는 그 변모를 다음과 같은 기이한 말로 진단하였다.

"옛날에는 어느 지역의 어떠한 신이든 성찬을 즐겼다. 스키티아, 인도, 그리스, 로마 등 어느 곳의 백성이나, 신들의 성찬을 위해 어른과 아이, 황소, 양과 새끼 양, 염소 등을 바쳤다. 그러나 세월이 흘러, 척박한 땅에 흩어져 노예 신세를 면치 못하던 백성의 신은, 차츰 성찬의 기회를 잃었다. 특히 오늘날에 이르러서는, 그 신의 처가 그에게 식이요법을 강요하는 모양이다. 그리하여 이제는 그의 아들만을 식탁에 올린다. 또한 식탁에 올렸다가도 사제들이 그것을 냉큼 먹어치운다. 그러한 형편이니, 만약 종교재판이 불고기를 바치지 않거나, 광신적 군주들이 대량 학살을 자행하여 천국의 식료품 저장고를 채워주지 않는다면, 그 신은 어쩔 수 없이 영양실조로 죽을 지경이 될 것이다."

어떤 묘비명

생명을 얻어 이 세상에 태어나, 기진할 때까지 꿈지럭거리는 것이, 온갖 미물이나 사람들의 공통적인 운명이다. 그어느 미물의 노고인들 비장하지 않으랴만, 특히 놀랍고 기이한 행적을 남긴 이가 있어, 그의 묘비에 새겨진 글 몇 구절을 여기에 옮겨 소개한다.

결코 쉬어본 적 없는 이가 여기에 쉬고 있노라. 그는 이리저리 부산히 움직이며 오백 삼십 회나 장례식에 참석하였노라. 그는 어린아이 이천 육백 팔십 명이 태어날 때마다 몸소 기뻐하였노라. 그가 항상 다른 표현으로 축복해준 친구들의 연금 액수는 이백 육십만 리브르에 달하도다. 그의 발길이 닿은 도시의 포석 깔린 길만 하여도 구천 육백 1스타디온(1스타디온은 약 180m)에 이르며, 촌길은 삼만 육천 스타디온에 이르도다. 그의 대화는 사람들을 즐겁게 해주었으니, 항상 준비되었던 이야기만 해도 삼백 육십오 가지나 되었기 때문이요, 옛사람들로부터 들어 착념해두었던 금언의 수가 일백 팔 개에 달했던 바, 화려한 모임이 있을 때마다 그것들을 한껏 활용했노라. 그 모든 노고를 감당하고 드디어 수 육십 세에 졸하였도다. 나는 입을 다무노라, 나그네여. 그가 행하고 그가 본 일들을 내가 무슨 수로 여기에 다 적으리오!

진정 탁월한 남자

　다음은 동방에서 온 나그네와 빠리 사교계의 신사가 어
느 귀부인댁의 만찬석상에서 나눈 대화이다. 먼저 나그네가
물었다.

　"이 댁 부인께서 자기 옆자리에 앉힌, 저 검은 옷을 입은
뚱뚱한 남자 좀 보시오. 쾌활한 기색에 혈색도 좋은데, 어찌
하여 입고 있는 옷은 저리도 음산하오? 게다가, 자기에게 누
가 말을 하면 즉시 상냥하게 웃으며, 차림이 검소하긴 하나
당신네 부인들보다 오히려 더 맵시를 부렸소!"

　"설교사라고 하는 사람입니다. 영신지도자라고도 하지
요. 그리하여 부인들에 대하여는 남편들보다 더 많은 것을
알고 있지요. 저 사람은 여인들의 약점을 샅샅이 알고 있으
며, 여인들 또한 저 사람의 약점을 잘 알고 있답니다."

　"뭐라고요? ……그런데 저 사람은 '은혜'라는 말을 자주
쓰는군요."

　"항상 그렇지는 않습니다. 예쁜 여인의 귀에다가는 '실

절(失節)'이라는 말을 더 자주 소곤거리지요. 또한 대중 앞에서는 천둥처럼 엄숙하고 요란하게 짖어대다가도, 여인과 단 둘이 마주 앉으면 새끼양처럼 고분고분합니다."

"제가 보기에는 모두들 그를 각별히 예우하는 것 같군요."

"뭐라고요? 예우한다고요? 그 이상입니다. 없어서는 아니될 사람이니까요. 저 사람이 은밀하고 한적한 규방의 낙입니다. 자질구레한 조언, 친절한 보살핌, 정기적이고 은밀한 방문 등으로, 사교계의 남자들보다 여인들의 두통을 더 말끔히 씻어준답니다. 정말 탁월한 남자입니다!"

가난뱅이라는 호칭 덕분에……

다음은 유럽에 온 페르샤 청년이, 고국에 있는 친구에게
보낸 편지의 한 구절이다.

이곳에서는 탕아들이 무수한 매춘부들의 기둥이 되고, 열
성신도들이 무수한 승려들의 기둥이 된다네. 이곳 승려들
은 세 가지 서원(誓願)을 하는데, 그것은 복종과 가난과
순결을 지키겠다는 맹세라네. 사람들이 말하기를, 첫 번째
것은 모든 승려들이 잘 지킨다고 하네. 두 번째 것은 내가
보기에도 전혀 지켜지는 것 같지 않네. 그러니 세 번째 것
이야…… 그대가 미루어 짐작해보시게. 그런데 이상한 일
은, 아무리 부유한 승려도 가난뱅이라는 호칭은 결코 버리
지 않는다네. 우리의 영광스러운 술탄께서도, 그 호칭이
무엇을 뜻하는지 아신다면, 화려하고 찬연한 호칭들을 그
것과 기꺼이 바꾸려 하실 걸세. 왜냐하면 가난뱅이라는 호
칭 덕분에, 승려들은 결코 가난해질 수 없기 때문이라네.

주교직과는 바꾸려 하시지 않을 걸세

어느 날 알도브란디 주교(13세기)가 프란체스코회 수도 사들과 함께 식사를 하고 있었다. 그런데 주교가 보자니, 식 탁 저쪽 끝 말석에서 수도사 하나가 양파를 아주 맛있게 먹 고 있는 것이었다. 주교는 그의 왕성한 식욕이 부러웠다. 그 를 물끄러미 바라보던 주교가 시종을 불러 분부하였다.

"저쪽에 있는 수도사에게 가서, 내가 나의 위장(胃腸)을 그의 위장과 기꺼이 바꾸겠노라고 전하라!"

시종이 주교의 뜻을 전하자 수도사가 대답하였다.

"내가 믿거니와, 주교님께서 당신의 위장과 나의 위장을 바꾸시기는 원하셔도, 당신의 주교직과 나의 위장과는 절대 바꾸려 하시지 않을 걸세. 내 말을 주교님께 전하게!"

시해 계획을 결코 고변치 않겠나이다

가톨릭의 고해성사 제도가 7세기경에 처음 도입된 이후 약 천 년이 지난 다음, 서유럽에서는 기이한 사건이 일어났다. 그 사건이란, 1622년 8월 30일에 교황 그레고리아 XV세 (1544~1623년, 제232대 교황)가 교서를 내려, 신도가 고해한 내용을 경우에 따라서는 이해 당사자에게 알려주어도 좋다고 한 것이었다.

당시 예수회파 소속 사제 중에 꼬똥(Coton)이란 자가 있었는데, 그는 세속 물정에 밝고 약삭빠른 사람이었다. 어느 날 루이 XIII세(1601~1643년)가 그에게 물었다.

"어떤 자가 과인을 시해하려고 작정한 다음, 그러한 결심을 고해소에서 털어놓는다면, 사제께서는 그 사실을 과인에게 알려주시겠소?"

부왕 앙리 IV세(1553~1610년)가 자객의 손에 목숨을 잃었던 바, 당연한 질문이었다. 꼬똥이 서슴지 않고 대답하였다.

"결코 전하께 고변치 않겠나이다. 그 대신, 제가 전하와 암살범 사이로 뛰어들겠나이다."

내가 빈둥거리는 것은 사람들의 악행을 줄이기 위함이다

옛날, 프랑스의 어느 시골 마을에, 게으르기 짝이 없는 보좌신부 하나가 있었다. 그는 아무리 바쁜 농사철이라 해도, 손가락 하나 까딱 하지 않고 사람들에게 말하곤 하였다.

"한가함은 모든 악행의 어미이다. 만약 이 세상에 사제들이 없다면, 백성들은 부지런히 일하지 않고 모두 건달로 변할 것이다. 수도사들과 사제들이 한가함에 헌신하는 것은, 오직 속인(俗人)들의 악행을 줄이기 위함이다."

흡혈귀

대다수 사람들은 만화나 동화, 영화에 등장하는 공상적 존재가 흡혈귀라고 생각한다. 하지만 옛 프랑스의 어느 철학자는 흡혈귀를 다음과 같이 설명하였다.

"산 사람들의 피를 빨면서 즐기는 죽은 사람들, 옛 사람들이 상상해낸 그런 자들을 가리켜 흡혈귀라고 한다. 물론 정신이 멀쩡한 사람들은 그러한 불가사의를 아마 믿지 않을 것이다. 하지만 눈을 크게 떠보라! 이러저러한 시신들이, 생동하는 사회에 들러붙어 악착같이 피를 빨아대는 모습이 보일 것이다!"

신들 앞에서 음탕한 포즈를 취하면 어쩌나

어느 여인이 신들의 조각상 앞에 엎드려 열렬히 기도를 하고 있었다. 숨넘어가는 듯한 음성과 바들바들 경련하는 몸뚱이에, 기도가 어찌나 열광적이었던지, 얼굴을 땅바닥에 대고 있던 그 여인은 자신의 실한 엉덩이가 드러난 것도 모르고 있었다. 디오게네스가 여인에게 다가가 말하였다.

"오! 여인이여, 지금 신께서 그대의 꽁무니 쪽에 계시면 어쩌나! 신께서는 어디에나 계시니 말일세. 혹시 그래서, 그대가 신들 앞에서 음탕한 포즈를 취하고 있는 꼴이 되면 어쩌려고!"

사제들에게도 그것이 없으면 오죽이나 좋을까

신심 깊고 의로운 성왕(聖王) 루이 IX세(1214~1270년) 시절에, 유서 깊은 룩상부르 가문 출신으로 성품 너그러웠던 주교 하나가 있었다. 어느 날, 촌에 사는 노파가 주교를 찾아왔다.

"주교님, 저에게 나이 스물을 넘긴 아들 하나가 있사온데, 그 아이가 마을 성당에서 한 해 동안 사제님의 가르침을 받으며 열심히 공부하였습니다. 하느님께서 허락하신다면, 그 애가 신부가 되었으면 좋겠어요. 그렇게 해주시겠습니까?"

"할머니, 아주 좋은 일입니다. 아무 염려 마세요. 할머니의 소원대로 해드리겠습니다."

주교의 부드럽고 다정한 대답에, 노파가 다시 난색을 표하며 더듬거렸다.

"그런데 주교님, 그것이…… 잘 아시지요? ……제 아들에게는 그것이 없는데……."

"무엇이 없다는 말씀입니까, 할머니?"

"차마 제 입으로는 …… 남자들에게는 다 있는 그 것……"

"남자들에게 있는 것이라니오? 바지 말씀입니까?"

"주교님, 저를 놀리지 마십시오, 잘 아시면서…… 그 애가 어렸을 때 사다리 꼭대기에서 떨어져…… 그것을 잃고 말았답니다."

"할머니, 그것 때문에 신부가 되지 못할 이유는 없습니다. 안심하세요……"

그러고 나서 주교가 한숨을 지으며 탄식하였다.

"아! 제 교구의 사제들도 그 아이처럼 그것이 없다면 오죽이나 좋겠습니까!"

이윤 다섯 달란트를 남겼나이다

어느 사제가 젊은 수녀 다섯과 상관하여, 그녀들을 모두 수태시켰다. 그 사실이 주교에게까지 알려져, 문제의 사제를 출두시키게 되었다. 주교의 집무실에 들어서자마자, 사제가 주교 앞에 공손히 머리를 숙이며 아뢰었다.

"주여, 저에게 다섯 달란트를 주셨사온데, 이윤 다섯 달란트를 남겼나이다!"(마태복음 25장 20절)

라틴어로 그렇게 고하는 사제를 어이없다는 듯 바라보던 주교는, 화를 내야 할지 웃어야 할지를 몰라 한동안 머뭇거리다 조용히 말했다.

"수고했네, 물러가게!"

수도원장들은 말처럼 발이 넷이군

　수도원장의 심부름꾼은 순박하고 우직한 녀석이었다. 어느 날 아침, 급한 전갈이 있어 그가 수도원장의 침실로 허겁지겁 달려왔다. 마침 수도원장은 젊고 아리따운 여인과 함께 침대에 누워 있었다. 그가 침실로 들어서자, 수도원장은 여인의 얼굴을 서둘러 이불로 덮어놓고 태연히 물었다.

　"무슨 일이냐?"

　그러나 심부름꾼 녀석은, 수도원장의 물음에는 대꾸도 하지 않고, 침대 발치만을 놀란 눈으로 뚫어지게 바라보았다. 그러더니 성큼 다가가서, 삐져나온 발 하나를 덥석 잡으며 물었다.

　"이건 누구의 발입니까?"

　"내 것이지."

　"그리고 이것은요?"

　"그것도 내 것일세."

　그러자 심부름꾼 녀석이 두 발을 한 손에 모아 움켜잡더니, 곁에 있던 다른 발 하나를 툭 치며 다시 묻는다.

"그럼 이것은 누구의 발입니까?"

"내 발일세!"

"그리고 나머지 하나는 누구의 것이지요?"

"물론 내 것이지!"

몹시 놀란 심부름꾼 녀석이 성호를 그으며 소리쳤다.

"마귀에게 물려갈! …… 수도원장들은 말처럼 발이 넷이군!"

주교님 대접하듯 하라고 분부하지 않으셨나이까

옛날 프랑스의 어느 시골에 장난을 좋아하던 사제가 있었다. 그 사제에게는 특이한 버릇 하나가 있었는데, 그는 사제관에서 일하는 여인들의 나이를 스물에서 스물 다섯 사이로 한정하였다. 그 버릇으로 인해 사제는 사람들의 구설수에 오르게 되었고, 결국 그 지역 주교가 여러 차례 그에게 경고하여 버릇을 고치라 하였다. 그러나 사제는 주교의 경고를 들은 체도 하지 않았고, 화가 난 주교는 사제로 하여금 여인들을 고용하지 못하도록 하였다.

하지만 사제와 주교는 오래전부터 친숙한 사이였다. 어느 날 주교가 사제에게 기별하기를, 오랜만에 사제관에 와서 함께 술도 마시며 하룻밤 쉬다 가겠다고 하였다. 그리고는 기별꾼을 통해 당부하기를, 근래 자기의 위장이 좋지 않으니 고기는 가벼운 것으로 고르라고 하였다.

드디어 주교가 일행과 함께 도착했고, 저녁상이 차려졌다. 그런데 주교의 식탁에 놓은 것은 온통 삶은 곱창뿐이었다. 주교가 불편한 심기를 감추지 못하였다.

"자네 나에게 무엇을 먹으라는 것인가? 나를 조롱하는
가?"

사제가 태연히 대답하였다.

"주교님께서 당부하시기를, 고기는 가벼운 것으로 고르
라 하셨습니다. 요리를 하면서 보니, 다른 고기들은 모두 물
속으로 가라앉는데, 오직 곱창만이 물위에 떠오르더이다.
그리하여 곱창이 가장 가벼운 고기라는 사실을 알게 되었나
이다."

주교가 몹시 화를 내자, 사제는 싱긋 웃으며 이미 준비해
둔 다른 요리를 내어놓았고, 주교는 즐겁게 식사를 마쳤다.

주교가 잠자리에 들며 다시 사제에게 분부하였다.

"우리와 함께 온 마부 녀석은 술고래인지라, 내가 안심
할 수 없네. 그러니 우리 일행이 타고 온 말들을 자네가 잘
보살펴주게나. 말들 대접하기를 나 대접하듯 해주게나!"

사제는 주교 일행이 타고 온 의장마들을 한 마리씩 각각
다른 외양간에 넣은 다음, 마을 이 집 저 집을 다니며 한껏
암내를 피우는 암말들만을 골라 끌어왔다. 그리고는 한 마
리씩, 의장마들이 들어가 있는 외양간으로 들여보냈다. 암
컷의 냄새를 맡은 의장마들이 일제히 힝힝거리며, 몸부림을
치고 날뛰니, 사제관뿐만 아니라 온 마을이 소란스럽게 되

었다.

그 법석에 놀란 주교가 사제에게 물어 그 곡절을 알게 되었고, 그리하여 사제를 몹시 꾸짖으니, 사제는 싱글싱글 웃으며 대꾸하였다.

"저 말들 대접하기를 주교님 대접하듯 하라고 분부 내리지 않으셨나이까? 시생은 그 분부를 충실히 이행하였을 뿐입니다. 건초와 귀리를 배불리 먹였고, 지푸라기도 푹신하게 깔아주었던지라, 각 의장마에게 암말 하나씩을 안겨준 것입니다. 주교님과 일행분들께도 하나씩 안겨드리지 않았나이까?"

보좌 신부의 고백

젊은 보좌 신부가 소녀들에게 교리를 가르치던 중, 다음과 같은 당부도 잊지 않았다.

"저는 여러분들이 입술을 벌겋게 칠하고 다니는 것을 원치 않습니다. 행실 문란한 여자들처럼 보이기 때문입니다. 뿐만 아니라, 그것을 도저히 권장할 수 없는 또 다른 이유는, 그것의 맛이 고약하기 때문입니다……."

큰 도둑들이 작은 도둑을 잡아가는군

고대 그리스에서는 신전에 있는 모든 물건을 신성시하였다. 이솝(아이소포스, 기원전 6세기)이 델포이 신전에 있던 황금 잔을 훔쳤다는 누명을 쓰고 죽은 이야기는 널리 알려진 전설이다.

어느 날, 아테네에 있는 신전 재산 관리인들이 젊은이 하나를 사납게 끌고 갔다. 신전에서 잔을 하나 훔쳤다는 것이다. 그 광경을 물끄러미 바라보던 디오게네스가 중얼거렸다.

"큰 도둑들이 작은 도둑을 잡아가는군!"

돈만한 것은 없다

"선하며 모든 것을 알고 있는 신으로부터, 신의 자식들이 간절히 원하는 것을 얻기 위해, 혹은 지혜로운 신으로 하여금 애초의 뜻을 바꾸도록 하기 위해, 사제들이 열심히 궁리하여 만든 탄원문, 그것이 기도이다. 기도를 하지 않으면 조물주도 자기의 피조물들이 무엇을 간절히 원하는지 짐작조차 못할 것이란다. 특히 사제들이 하는 기도가 다른 어느 기도보다도 효력이 크단다. 따라서 그들은 기도를 암거래하며 괜찮은 이윤을 남긴다. 저 높은 곳에 있는 조정에서건, 이 지상에 있는 조정에서건, 일을 수습하는 데는 돈만한 것이 없다."

어느 영악스러운 철학자의 말이다.

아폴로가 이 따위 장난감을 무엇에 쓰겠느냐

"아무것도 부족함이 없다는 신을 상대로 절도죄를 범하는 것이, 가난한 사람을 터는 짓보다 더 큰 죄로 간주된다. 절도를 당한 사람이 부유할수록 절도범의 죄는 그만큼 더 무거워진다. 따라서, 신이나 그의 사제들을 상대로 절도죄를 범한 사람은 산채로 구워 재를 만들고, 부유하고 세력 있는 사람의 물건을 훔친 자는 목을 매달며, 가난한 사람들을 턴 자들은 대개의 경우 자신의 안위를 근심하지 않는다."

소위 신성모독죄라는 것에 대한 어느 철학자의 야유이다. 하지만 신성모독이라는 죄목도, 어린아이들의 천진스러운 시각 앞에서는 즉시 벌거벗은 임금 꼴이 된다.

황금잔 하나를 훔쳤다는 누명을 씌워, 이솝을 신전 뒤에 있는 낭떠러지 아래로 던져 죽였다는 델포이 신전에, 어느 날 켈트족 전사들이 몰려들었다. 그 천진스러운 떼거리가 그리스까지 달려간 것은, 정복욕이나 어떤 야심에 이끌려서가 아니고, 이 세상 어딘가에 이상향이 있을 것이라는 생각과 호기심 때문이었다. 그들이, 웅장하고 화려한 신전 안으로 들어가, 이것저것을 구경하다가, 황금과 각종 보석을 곁들여 만든 물건들을 들고 나오자, 사제들이 소리쳤다.

"이놈들아, 그것들은 아폴로 신에게 바친 물건이야!"

그러자 그 천둥벌거숭이들 중 하나가 껄껄 웃으며 말했다.

"아폴로가 이 따위 장난감들을 무엇에 쓰겠느냐! 이런 것들은 우리에게나 요긴하지 않겠어?"

교황들이 유럽에서 쓸어내려던 쓰레기

옛날 브르따뉴에 성품 올곧고 현명한 영주가 있었다. 그의 영지 대부분은 거친 황무지였고, 농토 또한 비옥하지 못하였다. 그리하여 영주는, 백성들이 헐벗고 굶주리지 않도록 하기 위해 심혈을 기울였다. 그런데 어느 날, 교황의 칙서가 날아들었다. 그의 이웃 영주들은 앞다투어 원정군의 일원이 되어 동방으로 떠났다. 하지만 그는 꿈쩍도 하지 않았다. 그의 부인이 불안해하며 물었다.

"성지를 회복하라는 교황 성하의 명령을 받들어, 모두들 앞다투어 떠나는데, 나으리께서는 어찌 못 본 체하십니까?"

"나는 내 영지와 이곳에 사는 백성들 건사하기에도 힘이 부친다오!"

어느덧 세월이 흘러 영주가 임종을 맞게 되었다. 그가 다른 사람들을 모두 물러가게 한 다음, 평생 마음속에 간직하던 바를 부인에게 조용히 털어놓았다.

"역대 교황들이 유럽으로부터 쓸어내고 싶어 동방으로

보낸, 그 신심 깊은 건달 떼거리가 십자군이라오. 그들은 자기들의 고국에서 저지른 죄를 하늘로부터 사면받기 위해, 다른 나라로 몰려가 새롭고 다양한 범죄를 더욱 용맹스럽게 저지른 것이오!"

우리 단둘이 있을 때 얘기하세

어느 날 크라테스(기원전 370년경~?)가, 유클리드(기원전 450년경~380년경, 메가라 학파의 창시자. 수학자 유클리드는 약 한 세기 뒤에 태어났음)의 제자이며 성품 소박한 스틸폰에게 물었다.

"신들이 사람들의 기도와 아첨, 맹종, 순교 등을 즐거워하신다고 생각하는가?"

그러자 스틸폰이 주위를 둘러보며 그의 귀에 속삭였다.

"그런 것을 대로상에서 내게 묻지 말게, 이 눈치 없는 짐승아! 우리 단둘이 있을 때까지 기다리게."

이웃이 비를 기다리고 있을 때
쾌청한 날씨를 기원할까 두려워……

콘스탄티노플에 저명한 신학자가 있었다. 그가 야만국 스키티아로 들어가, 코카서스산 기슭에 있는 어느 농가에 이르렀다. 농가와 주위의 경작지는 청결하고 깔끔하게 정돈되어 있었다. 또한 저녁나절이었는데, 농가의 주인인 듯한 노인이 식구들과 함께 기도를 드리고 있었다.

"우상 숭배자 주제에 무얼 하고 있는가?……"

노인을 우상 숭배자라고 몰아세우며 신학자가 대뜸 그렇게 물었다.

"그대는 그리스인이 아니고 스키타이족이니, 우상 숭배자일 수밖에……"

그러자 노인이 겸허한 어조로 대답하였다.

"이 지상에 있는 모든 백성의 언어가 하느님의 귀 앞에서는 평등합니다."

"그래? 그러면 뭘 아는 게 있는지, 내가 질문을 하나 던져야겠군! 우선, 자네는 왜 하느님께 기도를 드리나?"

"우리가 향유하는 모든 것이 그 절대자로부터 말미암았으니, 그분을 찬양함은 당연한 일입니다."

"야만인의 대답치고는 괜찮은 편이군! 그러면, 기도를 하면서 무엇을 간구하며 요청하는가?"

그러자 노인이 더욱 조심스러운 음성으로 천천히 대답하였다.

"저는 제가 향유하는 것들뿐만 아니라 저에게 주어진 시련들에 대해서도 감사를 드립니다. 하지만 무엇을 간구하거나 요청하는 짓만은 극도로 삼갑니다. 우리에게 필요한 것을, 그분께서는 우리 자신보다도 더 잘 아시리라 믿습니다. 뿐만 아니라, 저의 이웃이 비를 기다릴 때 제가 쾌청한 날씨를 기원하지 않을까 두렵습니다."

미천한 벌레들이여 입을 다물라

"땅 위로 꿈실거리며 기어다니는 하찮은 벌레들이여, 무한한 존재의 영광과 그대들 간에 도대체 무슨 상관이 있는가? 그 존재가 영광 따위를 좋아한다고 생각하는가? 그대들로 말미암아 그에게 더 큰 영광이 돌아간다고 믿는가? 벌레들이 바치는 영광을 그가 기뻐하겠는가? 다리 둘 달린 털 없는 짐승이여, 도대체 언제까지 그대들의 추한 모습을 신에게 들씌울 작정인가? …… 그대들처럼 미천한 것들이 도대체 무슨 영광을 신에게 드릴 수 있단 말인가? 그 신성한 이름을 더 이상 모독하지 말라! 그 야만스러웠던 아우구스투스(기원전 63년~기원전 14년)도, 기껏 자신이 황제라는 사실 때문에, 로마의 학교에서 자기를 찬양하지 못하게 하였도다. 자신의 이름이 천한 것들의 입에 올라 더럽혀지는 것을 원치 않았기 때문이니라. 하찮은 황제 따위의 마음이 그러할진대, 신께서야 어떠하실지 짐작할 수 있지 않겠는가! 그대들은 절대자를 모독할 수도, 그에게 영광을 돌릴 수도 없는, 미미한 벌레에 불과하도다. 그대들은 스스로 자취를 감추고, 주둥이를 닥치는 것이 마땅하도다!"

이상은, 어느 마호멧교 승려가 광신도들을 꾸짖으며 한 강론의 일부이다.

부질없는 노고

학문의 궁극적 가치

다음은 어느 젊은이의 질문에 아리스토텔레스가 한 답이다.

"가장 빨리 늙는 것은 무엇입니까?"

"감사하는 마음이지."

"희망이란 무엇입니까?"

"깨어 있는 사람이 꾸는 꿈이지."

"지식인과 무식한 사람이 어떻게 다릅니까?"

"산 사람과 죽은 사람만큼이나 다르지."

"학문이 도대체 무엇에 소용됩니까?"

"순경(順境)에 처했을 때에는 치장물로 쓰이고, 역경(逆境)에 처했을 때에는 피난처로 쓰이지."

"학문으로부터 어떤 이득을 취하십니까?"

"다른 사람들은 법이 두려워 마지못해 하는 것을, 구애됨 없이 내 스스로 할 수 있다는 것이지."

"학문의 궁극적 가치가 무엇입니까?"

"늙음을 향해 길을 떠난 사람에게는 가장 유용한 식량이
지."

아무리 단단한 몽둥이도
저를 쫓아버리지는 못할 것입니다

보스포로스 해엽 동남쪽 연안에 있는 시노페에서 출생한 디오게네스는, 아테네에 도착한 이후 안티스테네스를 끈질기게 따라다니며 가르침을 받으려 했다. 제자 기르는 것을 원치 않던 안티스테네스가 그의 청을 거절하였지만, 그의 고집 앞에서는 속수무책이었다. 견디다 못한 안티스테네스가 어느 날 몽둥이를 집어들며 그를 위협했다. 그러나 디오게네스는 오히려 그의 앞으로 머리를 들이밀며 말했다.

"한 번 쳐보시지요. 선생께서 사람들에게 연설을 하실 수 있는 한, 아무리 단단한 몽둥이도 저를 쫓아버리지는 못할 것입니다."

제논의 길마를 지고 다닐 수 있는 유일한 당나귀

클레안테스(기원전 331~232년)는 원래 권투 선수였는데, 스토아 철학의 초석을 놓은 제논의 명성을 듣고 아테네로 와서 그의 문하생이 되었다. 하지만 몹시 가난하여, 낮에는 공부를 하고, 밤이면 야채 재배인의 밭에 밤새도록 물을 길어다 주는 일을 하였다.

그는 스승의 가르침을 한 치도 어기지 않고 실천하였으며, 힘든 일로 밤을 지새우건만 얼굴에는 항상 건강미가 넘쳤다. 그의 생계 수단을 의심하여 은밀히 그의 뒤를 캐던 사법관들조차, 그의 성실한 삶에 감탄하여 거액의 장학금을 희사하였다. 그러나 스승 제논은 그 돈을 받지 못하게 하였으며, 그리하여 클레안테스는 계속 노동과 학업을 병행하였다. 그는 타고난 건강과 지칠 줄 모르는 기질 때문에 헤라클레스라는 별명을 얻기도 하였다.

하지만 실천력과는 달리, 기지가 느리고 둔하다며, 사람들이 그를 놀리곤 하였다. 어느 날 동료들 중 하나가 그를 당나귀(즉, 미련한 사람)라고 부르며 조롱하였다. 그러나 그는 안색 하나 변하지 않고 천천히 대꾸하였다.

"아주 옳은 말씀이야. 하지만 제논의 길마를 지고 다닐 수 있는 유일한 당나귀지!"

그는 고령이 되자, '너무 먼 길을 왔다'고 하며, 일체의 음식을 끊고 스스로 굶어 죽었다고 한다.

방귀 뀐 것이 무슨 잘못인가

크라테스(기원전 370년경~?)는 보이오티아의 테베에서 태어났으며, 그의 가문은 부유하고 세력도 있었다. 그러나 디오게네스와 사귀면서부터, 모든 것을 버리고 거렁뱅이 행각을 시작하였다고 한다. 일설에는, 디오게네스가 그에게 충고하기를, 땅은 양들에게나 주고 돈은 바다 속에 던져버리라고 하였다 한다.

어느 날 그는, 테오프라스토스(기원전 372~287년)의 제자인 메트로클레스가, 사람들과 철학적 토론을 벌이던 중 방귀를 뀐 사실을 부끄러워한 나머지, 스스로 목숨을 끊으려 식음을 전폐했다는 소식을 들었다. 그는 미리 누에콩(잠두콩)을 잔뜩 먹은 다음 메트로클레스를 찾아갔다.

"자네는 아무 잘못도 저지르지 않았네. 자연이 원하는 대로 바람이 빠져나가도록 내버려두지 않는 것보다 더 기괴한 짓이 있겠는가?"

그렇게 말하고 몸소 방귀를 뀌어대기 시작하였다. 메트

로클레스가 용기를 회복하였고, 그 이후 크라테스의 제자가
되었다.

가져온 것이 밀뿐인데 어찌 보리를 팔 수 있겠는가

아테네 젊은이들이 모두 웅변술 습득과 연마에만 몰두하던 시절, 진정한 학자들은 웅변술을 일종의 포장술 내지 속임수로 여겨 천시하였다. 하지만 지배자가 될 야심을 품은 젊은이들은, 너나 할 것 없이 웅변술 연마에 혈안이 되어 있었고, 그러한 행태는 훗날 로마제국의 지배계층 젊은이들에게도 이어졌다. 물론 오늘날까지도 무수한 천치들이 그 전통을 이어가고 있다.

하지만, 그러한 세상의 조류 속에서도, 비온은 오직 철학만을 가르쳤다. 그러자 사람들이 비아냥거리며, 그가 실속 없는 것을 가르치고 있다 하였다. 이미 타락하기 시작한 그리스 사회나 훗날의 로마 사회에 살던 사람들이, 철학(오늘날의 학문 일반)의 필연적 부산물만이 진정한 웅변이라는 사실을 깨닫지 못하였을 것이다. 또한 그런 부류의 청맹과니들, 조급하고 탐욕스러운 투기꾼들은, 언제 어디에든 있다. 천하게 타락한 시절이면 어김없이 창궐하는 그 각박한 바보들의 비아냥거림에, 비온은 조용히 그리고 간결하게 대답하였다.

"가져온 것이 밀뿐이라네. 그러니 없는 보리를 어찌 팔 수 있겠는가?"(옛 유럽에서는 밀이 보리보다 고급 곡물이었다. 보리는 주로 가축의 사료로 이용되었다.)

나를 수다쟁이로 만드는구나

주지하는 바와 같이 플라톤은 많은 저술을 남겼고, 그 대부분의 내용은 소크라테스가 그의 친구들 혹은 제자들과 나눈 대화들이다. 하지만 그의 책 속에는 소크라테스가 하지 않은 말도 많이 포함되어 있다고 한다(디오게네스라에르티오스의 견해이다).

어느 날 플라톤은 사람들 앞에서 자기가 쓴 「리지아스」를 낭독하였는데, 다른 이들과 함께 듣고 있던 소크라테스가 놀라며 이렇게 말하였다.

"맙소사! 저 젊은이가 나를 수다쟁이로 만드는군!"

멀쩡한 남자가 내시로 변할 수는 있지만……

아르케실라오스(기원전 316년경~241년)는 플라톤이 세운 아카데모스 학원을 잠시 (크라테스의 죽음 이후) 맡아 운영하다가, 신아카데모스 학파를 창시한 사람이다. 어떤 사람이 그에게 묻기를, 그의 제자들 중 상당수가 그의 가르침을 외면하고 에피쿠로스(기원전 341~270년) 학파에 합류하는 반면, 에피쿠로스의 제자들은 아무도 그에게 오지 않는데, 그 이유가 무엇이냐고 하였다. 그러자 아르케실라오스가 서슴지 않고 대답하였다.

"멀쩡한 남자가 내시로 변할 수는 있지만, 내시가 다시 멀쩡한 남자로 되돌아갈 수 없는 것과 같은 이치입니다."

철학자와 의사

어떤 사람이 아리스티포스에게 물었다.

"어찌하여 철학자들은 항상 부유한 사람들의 집을 자주 드나드는가?"

그러나 아리스티포스는 안색 하나 변함 없이 태연하게 대답하였다.

"환자의 집에 의사들이 자주 드나드는 것과 같은 이치라네. 하지만 그렇다 해서 의사들이 환자가 되기를 원하는 것은 아닐세."

진정 유익하되 이루기 쉬운 학문

고대 그리스와 로마의 씩씩하고 정직한 학문적 전통이, 비루한 궤변과 간사한 주술(呪術)에 의해 퇴색되던 시절, 어느 철학자가 어처구니없는 세상을 바라보며, 다음과 같은 소회를 피력하였다.

"학문이란 매우 위험한 것이다. 따라서 모든 나라의 정부는 그것을 쓸어내는 사업에 노력을 아끼지 말아야 한다. 옛날 철학자라고 불리던 자들, 즉 학문을 하는 자들은, 어떠한 선동에도 넘어가지 않고 또 오기로 부풀어 있다. 그런데 낙원의 문은 몹시 좁아, 그곳에 들어가려면 홀쭉해야 한다. 다시 말해, 종전의 학문이 인간의 구원을 방해한다. 오직 구원의 학문만이 인간에게 필요한 학문이다. 그 학문을 이루기는 아주 쉽다. 사제들이나 선동꾼들의 말에 고분고분 따르기만 하면 된다."

소매치기 밀고꾼들

옛 프랑스의 어느 은둔자는 철학자들을 다음과 같이 정의하였다.

"지혜와 양식(良識)의 친구들이라고 떠들어대는 자들을 가리켜 철학자라고 한다. 그 사실만을 보더라도, 그들은 모두 약탈자들이나 도둑들, 사기꾼들, 불경한 자들, 이교도들과 다름없는 쓰레기들, 즉 교회가 극도로 증오하는 사탄의 앞잡이들이다. 따라서 경건한 사회가 그들에게 돌려줄 것은 교수대나 이글거리는 장작더미뿐이다.

하지만 그 꾀바른 구박덩이 건달들은, 얼간이들로 하여금 하늘만 쳐다보게 해놓고 그 사이에 그들의 돈주머니를 슬쩍해 가는 소매치기들이 있음을, 얼간이들에게 끊임없이 경고한다."

글을 읽을 줄 아는 자 현명치 못하도다

　어느 날 여우가 숲속에서 노새와 뜻하지 않게 맞닥뜨렸다. 생전 처음 보는 짐승이라, 여우는 두려워져 급히 피하였다. 얼마 아니 가서 늑대를 만난 여우는, 이상한 짐승을 보았다고 늑대에게 말하였다.

　"어디 함께 가서 한번 보도록 하세!"

　늑대가 늠름하게 말하며 여우를 데리고 노새 곁으로 달려갔다. 하지만 노새의 기괴한 생김새에 늑대는 여우보다 오히려 더 놀랐다. 여우가 노새에게 이름이 무엇이냐고 물었다.

　"사실 나는 내 이름을 기억하지 못한다네. 하지만 그것이 내 오른쪽 뒷발에 씌어 있으니, 글을 읽을 줄 알면 그대가 직접 읽어보시게."

　노새의 수작이 이상함을 직감한 여우는 시치미를 떼었다.

　"당신의 이름을 알고는 싶다만, 애석하게도 나는 글을

읽을 줄 모르오.”

그러자 늑대가 선뜻 나섰다.

“내게 맡기게, 내가 글을 잘 아니까!”

노새가 늑대에게 뒷발을 들어 보였다. 굽에 박은 징의 대가리들이 글자들처럼 보였다. 그러나 선명하지가 않았다. 늑대가 말하였다.

“잘 보이지 않소!”

“글자가 작으니 가까이 다가와서 보시구려.”

늑대가 다가와 발굽을 유심히 살피려 하는데, 노새가 늑대를 힘껏 걷어찼다. 늑대는 그 자리에서 절명하였다. 여우가 재빨리 피하면서 말하였다.

“글을 읽을 줄 아는 자 현명치 못하도다!”

벼룩은 다리가 없으면 듣지 못한다

오직 곤충 연구에만 몰두하던 어느 학자가, 벼룩 한 마리
를 흰 종이 위에 올려놓고 소리쳤다.

"뛰어!"

벼룩이 톡톡 뛰었다. 그러자 과학자가 벼룩의 다리를 모
두 떼어낸 다음, 다시 소리쳤다.

"뛰어!"

그러나 벼룩은 꼼짝도 하지 않았다. 과학자는 고개를 끄
덕이며 연구노트에 다음과 같이 기록하였다.

벼룩은 다리가 없으면 듣지 못한다.

사람은 개나 소다

　최초의 그리스 철학은 곧 물리학을 가리켰다. 그것에 윤리학이 추가된 것은 소크라테스에 이르러서였다. 그리고 플라톤이 다시 변증법을 도입하였다. 물리학, 윤리학, 그리고 변증법이, 고대 그리스 철학의 골간을 이루고 있음은 주지하는 바와 같다.

　그런데 어떤 이들은 플라톤의 귀납적 추론을 조롱하기도 하였다. 예를 들어 플라톤의 논법이 대개 다음과 같다는 것이다.

　사람이 동물이 아니라면 사람은 돌이나 나무토막이다. 하지만 사람은 돌이나 나무토막이 아니다. 스스로 움직일 수 있는 생물체이기 때문이다. 따라서 사람은 동물이다. 그런데 사람이 동물이고, 개와 소가 동물이라면, 사람은 동물인고로 개나 소다.

다른 사람의 이론이나 주장을 반박할 때 플라톤이 자주 사용했다는 그 논법은, 다음과 같은 기이한 결론에 도달하기도 했다고 한다.

우리 아버지는 너의 아버지와 다른 것이거나 같은 것이다. 만약 너의 아버지가 우리 아버지와 다른 것이라면, 우리 아버지가 아버지니까 너의 아버지는 아버지가 아니다. 반대로, 너의 아버지가 우리 아버지와 같은 것이라면, 너의 아버지는 우리 아버지이다.

내가 그녀에게 안겨주는 명예가 더 크다네

철학자 유클리드(에우클리데스. 기원전 450년경~380년경)의 제자들 중 스틸폰이라는 사람이 있었다. 그에게 딸 하나가 있었는데, 그녀는 행실이 문란하고 부끄러움이라는 것을 전혀 모르는 처녀였다. 스틸폰은 사랑하는 딸을 자기의 제자들 중 한 사람과 혼인시켰다. 그러나 결혼을 한 후에도, 그녀의 못된 행실은 조금도 나아지지 않았다. 친지들 중 하나가 동정 어린 어조로 그에게 말하였다.

"자네의 딸이 자네에게 커다란 수치를 안겨주고 있네."

그러자 스틸폰이 조용히 대답하였다.

"그녀가 나에게 안겨주는 수치보다는, 내가 그녀에게 안겨주는 명예가 더 크다네."

진정 부끄러운 일은……

아리스티포스는 어느 날 젊은 제자들과 어울려 매춘부들을 보러 갔다. 사창가로 들어서는 순간, 제자들 중 하나가 머뭇거리며 얼굴을 붉혔다. 그 모습을 보고 아리스티포스가 제자에게 인자하게 말하였다.

"이곳에 들어가는 것이 부끄러운 일은 아니라네. 진정 부끄러운 일은, 들어간 다음 나오지 못하는 것일세!"

훌륭한 조마사가 되려는 사람은……

소크라테스의 아내 크산티페는, 잔소리가 많고 다혈질에, 성미가 몹시 사나운 여자였다고 한다. 그 고약한 성미를 모르는 이가 없을 정도였건만, 또한 그녀가 사람들 앞에서 남편에게 창피를 주건만, 소크라테스는 언제나 미소를 잃지 않고 묵묵히 견디었다.

어느 날 안티스테네스가 소크라테스에게 물었다.

"그런데 사부님, 왜 하필 크산티페를 아내로 맞아들이셨는지, 저에게 그 이유를 말씀해주실 수 있겠습니까? 또한, 붙임성 없고 성질 고약하기가 전무후무하다는 그 여인의 비위를, 어떻게 맞추시는지 알고 싶습니다."

그러자 소크라테스가 이렇게 대답하였다.

"훌륭한 조마사(調馬師)가 되려는 사람은, 유순한 말 대신, 겁이 많아 잘 놀라며 날뛰는 말을 구입하는 법이지. 그러한 말을 길들이는 데 성공하면, 다른 말들 길들이기는 아주 쉽지 않겠는가! 나는 일찍이 다른 사람들과 어울려 사는

법을 배우기로 뜻을 세웠고, 그리하여 크산티페를 아내로
맞았다네. 내가 그녀를 감당해낸다면, 어떠한 성격을 가진
사람과도 사귈 수 있으리라 확신했기 때문이지."

그녀는 아이들을 낳아준다네

소크라테스의 많은 제자들 중, 페리클레스(기원전 495년 경~429년)의 조카인 알키비아데스는 스승에 대하여 각별한 애정을 가지고 있었다. 특히 스승의 아내인 크산티페가 남편에게 고함을 쳐대며 험한 말을 퍼부을 때마다, 알키비아데스는 마음이 상했고, 어느 날 그러한 감회를 스승에게 털어놓았다. 그러자 소크라테스가 빙긋이 웃으며 제자에게 말하였다.

"하지만 나는 그것에 익숙해졌다네. 거위가 꽥꽥거리는 소리를 계속 듣다 보면 그 소리에 무심해지듯이. 자네도 집에서 기르는 거위 소리는 잘 참지?"

"하지만 거위들은 저에게 알과 새끼들을 제공합니다."

그러자 소크라테스가 천천히 말하였다.

"내 경우도 마찬가지일세. 내 처는 나에게 아이들을 낳아준다네."

사람들이 그대들의 추한 용모를 잊게끔 하라

소크라테스는, 조각가들이 모델을 정확히 닮은 동상이나 석상을 만들려고 애를 쓰는 반면, 일반 사람들은 그 조각상의 이상적인 모습을 닮으려 노력하지 않는 것을 매우 이상하게 여겼다. 그는 젊은이들에게 충고하기를, 가능한 한 자주 거울에 자신의 모습을 비쳐보라고 하였다.

"거울에 비친 그대들의 모습이 보기에 아름다우면, 그 아름다움에 걸맞게 처신하도록 노력하라. 만약 거울에 비친 모습이 추하면, 부지런히 지혜를 쌓아, 모든 사람들이 그대들의 추한 용모를 잊게끔 하라."

장사하러 왔나이다

같은 소크라테스의 제자이되, 키니코스 학파(견유학파)를 창시한 안티스테네스와는 정반대의 길을 간 사람이 아리스티포스이다. 키레네 학파(쾌락주의)의 창시자인 그는, 제자들로부터 수업료를 당당히 징수하였다.

소크라테스의 다른 제자들이 그를 공공연히 비난하고 나섰다. 그러자 아리스티포스가 웃으며 어떤 사람에게 태연히 말하였다.

"저 사람들은 지금 자기네들이 다른 이의 상업권을 해치고 있다는 사실조차 깨닫지 못하고 있다네!"

또한 그가 시라쿠사의 절대군주 디오니시오스 I세 앞에 처음으로 나타났을 때, 왕이 그에게 무엇하러 왔느냐고 물었다. 아리스티포스는 서슴지 않고 대답하였다.

"장사하러 왔나이다. 저에게 필요한 것과 전하께 필요한 것을, 즉 전하의 은총과 저의 지식을 맞바꾸러 왔나이다."

디오니시오스는 그 흥정을 즉시 받아들였다.

나의 생각을 죽은 짐승의 가죽에 써놓고 싶지 않네

소크라테스가 살린 당시에도 그리스의 철학자들은 많은 저술을 남겼다. 그러나 소크라테스는 책을 단 한 줄도 쓰지 않았다. 어떤 사람이 그에게 묻기를, 왜 아무것도 쓰지 않느냐고 하였다. 그러자 소크라테스가 선뜻 대답하였다.

"양피지에 내가 무엇을 쓴다 하더라도, 내가 쓴 것보다는 양피지 자체가 더 값질 것이라는 생각이 들기 때문일세."

얼마 후 다른 사람이 같은 질문을 하자, 그는 이렇게 대답하였다.

"나의 생각을 죽은 짐승의 가죽에 써놓고 싶지는 않네. 나는 차라리 그것을 천품 탁월한 영혼에 새기고 싶네."

점 하나만도 못한 영지를 가지고……

알키비아데스는 용모가 수려할 뿐만 아니라, 재산이 많아 호사스러운 생활을 한 사람으로도 유명하다. 어느 날 그가 사람들 앞에서 자기의 넓은 영지를 자랑하였다. 그 꼴을 본 소크라테스가, 그의 손을 이끌어 세계 지도가 걸려 있는 벽 근처로 갔다. 그리고는 지도를 가리키며 알키비아데스에게 말했다.

"그 속에서 아티카를 찾아보게."

아티카는 그리스 남동쪽에 있는 반도로, 그 지역 수도가 아테네이다.

"여기 있습니다."

"그러면 이제 자네가 소유하고 있는 땅을 찾아보게."

"지도에는 표시되어 있지 않습니다."

그러자 소크라테스가 음성을 엄숙하게 가다듬어 힐난조로 물었다.

"그런데 어찌하여 자네는, 아티카 속의 점 하나로도 표

시할 수 없는, 즉 점 하나만도 못한 영지를 가지고 그리도
뽐내는가?"

식탐증이 대화에 활기를……

소크라테스가 아테네의 명망 높은 인사 몇을 저녁식사에 초대하였다. 그러자 아내 크산티페는, 남편이 베풀려고 하는 식사가 너무 초라하다며, 상을 차리기가 부끄럽다고 하였다. 뿐만 아니라 남편을 몹시 나무라기도 하였다.

불만스럽게 투덜거리는 아내에게 소크라테스가 자상한 어조로 말하였다.

"너무 마음 쓰지 마시오. 손님들께서 검박(儉朴)한 취향과 삼가는 심성을 가진 분들이라면, 우리가 차린 음식으로 만족하실 것이오. 혹시 반대로, 풍성하고 감미로운 음식을 탐하는 분들이라면, 그분들의 충족되지 못한 식탐증으로 말미암아 언사가 날카로워질 것이고, 덕분에 우리의 대화는 그만큼 더 활기를 띠게 될 것이오."

못된 처와 사는 것의 장점

알키비아데스는 자기가 그토록 존경하는 스승을, 크산티 페가 밤낮으로 괴롭히는 것을 보고 몹시 상심하였다. 어느 날 그가, 더 이상 참지 못하고, 자기의 평소 의중을 스승 앞에 드러내었다.

"사부님께서는 어찌하여 그 여인을 내치지 않으십니 까?"

소크라테스가 담담하게 대답하였다.

"나는 그녀와 함께 사는 덕분에, 다른 사람들의 불손함 이나 욕설을 참을성 있고 너그럽게 견디는 훈련을 한다네. 또한, 자기 아내의 단점을 고쳐주거나, 그렇게 하지 못할 경 우 그것을 참고 견딜 수 있어야 좋은 남편이라 할 수 있겠 지. 아내의 단점들을 고치는 데 성공하면 진정 아름다운 반 려(伴侶)를 얻게 될 것이고, 고치지 못하여 그것들을 묵묵히 감수할 경우, 자신의 완성을 위한 수련이 되지 않겠는가?"

드디어 식탐증을 제압했군

어느 날 알키비아데스가, 꿀과 향료를 넣어 빚은 과자를 소크라테스에게 보냈다. 그 선물을 받아든 크산티페는, 과자를 먹고 싶은 마음과 노여움 사이에서 잠시 머뭇거리다, 과자를 땅바닥에 쏟아놓고 짓밟았다. 남편과 제자 간의 각별한 정을 못마땅하게 여겼기 때문이다. 그 광경을 바라보며 소크라테스가 웃으며 말하였다.

"훌륭해! 크산티페, 아주 훌륭해! 당신이 드디어 그 게걸스러운 식탐증을 정복했으니 말이야! 그것을 제압하고 짓밟을 수 있게 되었으니, 참으로 대견스러워!"

천둥이 치고 폭풍이 일면
비가 쏟아질 것에 대비해야 하거늘……

어느 날 소크라테스는 알키비아데스와 한가하게 대화를 나누고 있었다. 두 사제간의 각별한 정을 항상 못마땅하게 여기던 크산티페는, 앙앙불락하여 온갖 욕설을 퍼부었다. 그러나 소크라테스는 들은 체도 하지 않았다. 그러자, 머리 끝까지 화가 치민 크산티페가, 두 사람의 머리 위로 더러운 설거지물 한 자배기를 쏟아부었다. 몹시 민망스러워 어쩔 줄 모르는 알키비아데스에게, 소크라테스는 태연히 이렇게 말하였다.

"천둥이 치고 폭풍이 일면 폭우가 쏟아질 것에 대비해야 하는데, 그것을 예상하지 못한 우리 두 사람의 잘못이지!"

나의 삶 자체가 변론문 아닌가

　스파르타의 괴뢰정권인 삼십인 과두체제하에서도 소크라테스는 무사하였다. 폭군적 권력을 휘두르던 그들도 소크라테스의 날카로운 비판과 야유를 크게 마음에 두지는 않았던 모양이다. 소크라테스의 진정한 적은 폭군들이 아니라, 열등감과 질투심으로 일그러진 변변찮은 무리였다. 그들은 오래전부터, 아리스토파네스(기원전 450년경~386년) 등의 극작품을 이용하여, 교묘하게 소크라테스를 중상하였고, 아테네 시민들의 마음속에 불신과 의혹을 증폭시켜왔다.

　삼십인 과두정부가 무너지고 다시 민주정권이 들어서자, 드디어 멜레토스, 아니토스, 뤼콘 등이 앞장서서 소크라테스를 탄핵하며, 아테네 시민들의 열등감과 질투심을 자극하였다. 멜레토스는 저질 문인이었고, 아니토스는 돈푼께나 모은 갖바치의 아들이었으며, 뤼콘은 직업 변론사 출신의 선동정치꾼이었다. 기원전 399년 봄 어느 날, 멜레토스가 기초하고 서명한 탄핵문이 아테네 성 여기저기에 나붙었다.

소크라테스가 국가의 신들을 부정하고 새로운 신들을 끌어들였으며, 젊은이들을 타락시켰다는 것이 혐의의 골자였다.

그 탄핵문을 보고 제자들이 소크라테스에게 어서 변론을 준비하라고 간청하였다. 그러자 소크라테스가 제자들에게 말하였다.

"내가 평생 그것을 준비해온 사실을 그대들이 모른단 말인가!"

"그게 무슨 말씀입니까?"

"내가 불의를 저지르지 않으며, 내 자신을 더 나은 사람으로 만들려고 평생 부단히 노력한, 나의 그러한 삶 자체가 그 어떠한 변론문보다도 아름다운 변론문 아니겠는가!"

부자와 철학자의 차이

시라쿠사의 절대군주 디오니시오스 I세가 어느 날 아리
스티포스에게 비아냥거리며 물었다.

"철학자들은 왜 부잣집들을 뻔질나게 드나드는가? 부자
들은 철학자들의 집에 가는 법이 없는데……."

아리스티포스가 태연히 대답하였다.

"철학자들은 자기들에게 부족한 것이 무엇인지 잘 아는
반면, 부자들은 자기들에게 없는 것이 무엇인지조차 모르
기 때문입니다."

사부님의 가난과 그 근원이 같습니다

아리스티포스는 부유한 가문에 태어나, 호사스러운 생활이 몸에 밴 사람이었다. 그는 제자들로부터 태연히 수업료를 받았고, 그 돈을 가난한 스승 소크라테스에게 보내기도 하였다. 철학의 궁극적 목표가 각 개인의 행복을 증대시키는 데에 있다고 한 스승의 가르침을 그렇게 실천한 것이다.

어느 날, 그가 보내온 돈을 받지 않고 돌려보내며, 소크라테스가 심부름꾼을 통해 그에게 물었다.

"그대의 부유함이 어디에서 비롯된 것인가?"

아리스티포스는 다음과 같은 답을 보내왔다.

"사부님의 가난과 그 근원이 같습니다. 저의 부유함도 철학에서 비롯된 것입니다."

노예가 둘로 늘어날 것이오

아들을 둔 어떤 아버지가 아리스티포스에게 묻기를, 아들을 공부시키면 아들에게 어떤 득이 있겠느냐고 하였다. 아리스티포스는 이렇게 대답하였다.

"다른 이득은 몰라도, 그가 극장에 갈 경우, 돌덩이 위에 얹어놓은 또 다른 돌덩이는 되지 않을 것이오."

주지하는 바와 같이, 고대 그리스의 원형극장은 모두 야외극장으로, 좌석은 돌계단이었다. 또한, 어떤 사람이 아리스티포스에게 아들의 교육을 부탁하자, 그는 수업료 오십 드라크마를 요구하였다. 아들을 데리고 온 사람이 펄쩍 뛰며 말하였다.

"그 돈이면 노예 하나를 살 수 있을 텐데!"

그러자 아리스티포스가 대답하였다.

"그러면 그 돈으로 노예를 사시지요. 머지 않아 노예가 둘로 늘어날 것이니까!"

뒤처진 자들을 기다리지 못하게 하는 것이 비결

제자들의 학습이 전반적으로 진척되게 하려면 어떤 방법
이 가장 효과적이냐고 묻자, 아리스토텔레스가 간결하게 대
답하였다.

"선두에 있는 학생들이 뒤처진 자들을 기다리지 못하게
하는 것이지요."

가르침의 대가를 지불했을 뿐입니다

　　그리스의 어느 왕국을 통치하던 왕에게 젊은 왕자 하나
가 있었다. 자식의 교육에 각별한 정성을 쏟으며, 왕은 그에
게 온갖 기예를 가르침은 물론, 특히 착한 품성과 미덕을 기
르게 하는 데 게을리하지 않았다. 어느 날 왕은 아들에게 금
화를 듬뿍 내주며 말하였다.

　　"이 돈을 네 마음대로 쓰거라."

　　그리고는 몇몇 신하에게 은밀히 분부하기를, 왕자가 돈
을 어떻게 쓰는지 또 그것을 가지고 어떻게 처신하는지 잘
살피되, 일체 간섭은 하지 말라고 하였다.

　　며칠 후 젊은 왕자는, 궁전의 창틀에 기대서서, 오가는
행인들을 물끄러미 바라보더니, 문득 신하들을 시켜 행인들
을 불러오게 하였다. 불려온 행인들 중 유난히 당차고, 얼굴
에 미소를 띤 사람 하나가, 썩 나서며 왕자에게 물었다.

　　"저희들에게 하문하실 것이 있나이까?"

　　왕자가 대답하였다.

"그대가 어디에서 왔으며, 무슨 일을 하는지 알고 싶소."

"왕자님, 저는 이탈리아에서 온 상인이옵고, 또한 매우 부유합니다. 하지만 그 재산은 부모님으로부터 물려받은 것이 아니옵고, 제가 부지런히 애써 모은 것입니다."

바로 그 순간, 상인 바로 뒤에 있던 사람의 모습이 문득 왕자의 시선을 끌었다. 거조는 고아하나 겁에 질린 기색이었고, 상인보다도 당차지 못한 것 같았다.

"그대가 어디에서 왔으며, 무엇을 하는 사람인지 알고 싶도다." 왕자가 물었다.

"저는 시리아에서 왔사오며, 그 나라의 국왕이었나이다. 하지만, 재위중에 백성을 제대로 다스리지 못하여, 신하들로부터 내침을 받은 몸입니다."

젊은 왕자는 부왕께서 하사하신 금화를 몽땅 그 행인에게 준 다음, 아무 말 없이 발길을 돌렸다. 그 소문이 즉시 궐내에 퍼졌다. 왕이 즉시 왕자를 부른 다음, 많은 신료들이 운집한 가운데 노기 어린 음성으로 물었다.

"황금을 어떻게 썼는고? 도대체 무슨 생각을 하였는가? 어찌하여, 칭송받을 노력으로 부자가 된 사람에게는 아무것도 주지 않고, 자신의 실수와 분별 없는 짓 때문에 파멸한 자에게 황금을 몽땅 주어버렸는지, 그 사유를 말해보라!"

부왕의 엄한 분부에도 젊은 왕자는 조금도 흔들림 없이

차분히 아뢰었다.

"전하, 저에게 아무 가르침도 주지 못한 사람에게는 아무것도 주지 않았을 뿐입니다. 또한 그 누구에게도 무엇을 준 일이 없나이다. 내침을 당한 시리아의 왕에게는 황금을 준 것이 아니오라, 제가 받은 가르침의 대가를 지불했을 뿐입니다."

도저히 길들일 수 없는 사나운 말

시라쿠사의 절대군주 디오니시오스에게는 같은 이름을 가진 아들이 있었는데 (흔히 '늙은 디오니시오스'와 '젊은 디오니시오스'로 구분한다), 성품이 몹시 포악하였고 쾌락에 탐닉하였다.

하지만 아리스티포스는 그의 장점만을 들어 그 폭군을 칭찬하였다. 그러자 시라쿠사 조정의 개혁을 주장하던 다른 학자들이, 폭군에게 아부하는 것은 혐오스러운 범행이라며 그를 나무랐다. 하지만 그는 태연히 응수하곤 하였다.

"나는 그분의 장점에 갈채를 보냈을 뿐, 그분의 단점을 칭찬하지는 않았소. 물론 그 단점을 비방하지도 않았소. 나에게 그럴 권한이 없기 때문이오. 또한 내가 깨달은 것이라야 고작, 그분의 단점을 고치려 하느니보다 차라리 감내하는 것이 쉽다는 사실뿐이었소." 그러나 아리스티포스는, 젊고 성질 사나운 왕의 면전에서, 다른 사람들에게 자주 이렇게 말하곤 하였다.

"교육받은 사람과 받지 못한 사람의 차이는, 고분고분한 말과 도저히 길들일 수 없는 사나운 말의 차이와 같소!"

사 슬 을 끊 고 ······

쉿! 신들께 들키겠네

옛 그리스의 일곱 현인들 중에서도 으뜸이었다고 하는 비아스(기원전 6세기)는, 성품이 너그럽고 살림이 유족했으며, 고령에 이르러 잠들 듯 임종을 맞았다고 한다.

"부(富)란 대개의 경우 우연의 산물이다."

"불행을 견디지 못하는 것, 그것이 진정한 불행이다."

"불가능한 것을 바라는 것과, 다른 이의 고통을 잊는 것, 그것이 정신병이다."

모두 그가 남긴 말이라고 전한다. 신을 믿지 않는 불경한 사람이, 어느 날 그에게 '경건함'이라는 것이 무엇이냐고 물었다. 그는 들은 체도 하지 않았다. 그러자 왜 아무 대답도 하지 않느냐고, 불경한 자가 다시 물었다. 그러자 비아스가 간략하게 대답하였다.

"자네와는 상관없는 일이니까!"

어느 날 비아스는 바다를 건너고 있었다. 그가 탄 배에는 신을 믿지 않는 불경한 사람들도 여럿 있었다. 그런데 문득 폭풍우가 일어나, 사나운 물결이 배를 집어삼킬 기세였다. 비아스는 조금도 동요하는 빛을 보이지 않았으나, 불경한 사람들은 신들의 이름을 외쳐대며 살려달라고 빌었다. 그러자 비아스가 그들에게 조용히 말했다.

"쉿! 자네들이 이 배에 타고 있다는 사실을 신들께서 알아차리지 못하시게 해야 하네!"

항해중인 사람은 죽은 사람인가 혹은 산 사람인가

아나카르시스(기원전 6세기)는 스키티아(혹은 스쿠티아: 흑해 북쪽의 내륙 평원지대) 출신인지라, 그가 처음 그리스에 왔을 때, 바다와 선박들이 그에게 강한 인상을 주었던 것 같다. '가장 안전한 배는 정박중인 배'라고 말한 것도, 그 강렬한 인상에 근원한 듯하다.

어떤 사람이 그에게 이상한 질문을 던졌다.

"이 세상에 죽은 사람이 더 많을까요, 혹은 살아 있는 사람이 더 많을까요?"

아나카르시스는 잠시 생각에 잠기더니 그 사람에게 되물었다.

"잠깐! 지금 바다 위에 떠서 항해중인 사람들은 어느 쪽에 포함시켜 계산해야 할지 모르겠습니다. 그들이 산 사람들 축에 속하나요, 혹은 죽은 사람들 축에 속하나요?"

홀로 있기 때문에 웃는다네

미손(기원전 6세기)이라는 현자가 있었다. 평소에 말을 극도로 삼가고, 사람들과 어울리는 것을 싫어하였다. 시골 출신이고 또한 따르는 무리가 없어, 인간 혐오자라는 소리를 듣기도 하였다. 심지어는 그가 한 명언(名言)을 훔치는 자들도 있었다. 그러나 플라톤이 「프로타고라스」라는 대화 편에서 그의 진가를 다시 세상에 알리며, 그가 그리스의 일곱 현인들 중 하나라고 하였다.

미손은 웃음마저도 매우 조심하였던 것 같다. 어느 날 그는, 스파르타의 어느 한적한 모퉁이에서 홀로 히죽히죽 웃고 있었다. 우연히 그 모습을 본 사람이 묻기를, 왜 혼자서 웃고 있느냐고 하였다. 그러자 미손은 사방을 둘러보고 나서 조용히 대답했다.

"바로 그걸세. 아무도 없기 때문에 웃는다네!"

자네들이 돌보게나

아낙사고라스(기원전 500년경~428년경)는 인체 해부를 감행한 생물학자였으며, 페리클레스와 소크라테스도 한때 그의 문하생이었다고 한다. 그는 또한 부유하고 유서 깊은 가문 출신이었다. 하지만 학문에만 열중한 나머지, 재물에 무관심했고 또 그것을 하찮게 여겼다고 한다. 그의 측근들 중 몇 사람이 나무라듯 그에게 말하기를, 어찌하여 재산을 그토록 소홀하게 관리하느냐고 하였다. 그가 즉각 대꾸하였다.

"그렇게 아까운가? 그렇다면 자네들이 그것을 돌보게 나!"

그들도 사형 언도를 받았는데……

펠로폰네소스 전쟁에서 승리한 스파르타가 아테네에 세운 괴뢰정권, 즉 삼십인 과두체제가 8개월 만에 무너진 후, 아테네에는 민주정권이 다시 들어섰다(기원전 404년). 그러나 그 민주정권의 꼴이 엉망이었던 것 같다. 크세노폰(기원전 430년경~350년경)을 비롯한 많은 사람들이 그 민주정권에 적대적이었던 것도 그러한 이유 때문인 듯하다.

특히 소크라테스가 민주주의를 가리켜, 과두정치보다는 조금 낫되, 떼거리가 지배하는 천한 정치체제라고 하며 폄하한 것도(플라톤, 「공화국」), 그 정권을 염두에 두고 한 말인 듯하다. 결국 소크라테스도 그 정권에 의해 희생되었는데, 소크라테스에게 '국가의 신을 부정하고 젊은이들을 타락시켰다'는 혐의를 씌워 그를 사형에 처하자고 주장한 멜레토스, 아니토스, 뤼콘 등은 모두 그 민주정권의 실력자들이었다. 또한 그들은 아리스토파네스 등, 소크라테스를 질시하는 무리들 중 하나였다. 그들이 소크라테스를 극형에 처하기로 결정하자, 그의 제자들이 달려와 소식을 전하며 슬퍼하였다. 그러자 소크라테스는 오히려 제자들을 위로하며 말했다.

"그들도 자연에 의해 사형 언도를 받지 않았는가!"

웃으러 간 것일세

　아리스티포스가 소크라테스의 제자임에도 불구하고, 폭
군 소리를 듣던 디오니시오스와 가까이 교류한 사실은, 고
대 그리스 사회에서 조롱과 지탄의 대상이 되었던 모양이
다. 심지어 디오니시오스 자신마저도, 그가 왜 자기와 교류
하느냐고 비아냥거리는 어조로 묻곤 하였다. 그럴 때마다
아리스티포스는 주저하지 않고 대답하였다.

　"저에게 있는 것을 전하께 드리고, 저에게 없는 것을 전
하로부터 얻기 위해서입니다."

　또 어떤 때는 노골적인 답변도 서슴지 않았다.

　"지난날 지혜가 필요하던 시절에는 소크라테스를 찾아
갔습니다. 그러나 이제는 돈이 필요하여 전하를 찾아온 것
입니다."

　하지만 그 천연덕스러움 밑에 억눌러 감추고 있던 모멸
감을 넌지시 드러낸 경우도 있다. 소크라테스 곁을 떠나 디
오니시오스에게로 간 사실을 두고 어떤 이가 나무라자, 그

는 태연히 대답하였다.

"전에 소크라테스를 찾아간 것은 배우기 위함이었고, 디오니시오스를 찾아간 것은 웃기 위함이었네!"

소크라테스는 아테네의 세력가들을 집사로 부리니……

아리스티포스가 젊은이들을 가르치고 그 대가를 받는다는 소문이 퍼지자, 어떤 사람이 그를 나무랐다. 즉, 소크라테스의 제자로서 그렇게 처신함이 수치스러운 일이라는 것이다. 그러자 아리스티포스가 즉각 반격에 나섰다.

"자네가 들은 바대로 나는 가르침의 대가를 받는다네. 하지만 나에게도 나름대로의 이유가 있지. 사람들이 소크라테스에게 빵과 포도주를 보내더라도 그가 그것들을 조금씩만 받는 것은, 그가 아테네의 세력가들을 집사로 부리기 때문이야. 즉, 소크라테스는 그것들을 언제나 받을 수 있지. 반면 내 심부름을 해주는 사람은, 내가 돈을 주고 산 노예 하나뿐이라네. 그러니 내가 몸소 빵과 포도주를 열심히 모아야 하지 않겠는가?"

새것과 헌 것 사이에 무슨 차이가 있는가

아리스티포스가 매춘부였던 여인과 함께 사는 것을 보고, 친지 중 한 사람이 그를 나무랐다. 그러자 아리스티포스가 그에게 물었다.

"아직 아무도 살지 않은 새 집과, 이미 주인이 여러 번 바뀐 헌 집 사이에 큰 차이가 있는가?"

"별로 없지."

"승객 수천을 실어나른 배와, 아직 아무도 타보지 않은 새 배가 크게 다른가? 새 배가 더 편한가?"

"그렇지 않네."

그러자 아리스티포스가 정색을 하며 다시 물었다.

"그렇다면, 이미 많은 남자들에게 봉사한 여인과 잠자리를 함께 하는 것과, 아직 아무도 손대지 않은 여인과 잠자리를 함께 하는 것 사이에, 도대체 왜 차이가 있다고 생각하는가?"

모샘치 한 마리를 잡으려 해도 온몸을 적시는데……

아리스티포스는 소크라테스의 제자들 중, 키니코스 학파의 초석을 놓은 안티스테네스와 함께, 서로 상반된 학풍의 비조가 된 사람으로 유명하다. 그는 흔히 쾌락주의(hedonisme)라고 지칭하는 철학의 기원을 이룬 사람으로, 상황에 따라 유연하게 대응하고 처신하였다. 그는 변론술을 가르치며 교습비를 받았고, 그렇게 번 돈을 가난한 스승 소크라테스에게 보내기도 하였다. 물론 소크라테스는 그 돈을 받지 않고 돌려 보내곤 하였다. 또한 그는 시라쿠사의 절대 군주 디오니시오스의 측근이 되어 유족하고 안락한 삶을 누리기도 하였다. 그리하여 디오게네스는 아리스티포스를 가리켜 '왕실의 개'라고까지 하였다. 또한 어느 날, 손수 야채를 씻고 있던 디오게네스가, 화려하게 차려입고 지나가는 아리스티포스를 야유하였다.

"자네도 일찍이 이런 풀 먹는 법을 배웠더라면, 폭군들의 궁정에 바삐 드나들지 않아도 될 걸!"

그러자 아리스티포스가 즉각 응수했다.

"자네도 사람들과 어울려 사는 법을 배웠더라면, 수고스럽게 풀이나 씻고 있지는 않을 걸!"

또한 어떤 사람이 그를 나무라며 말하기를, 너무 방종하게 사는 것 아니냐고 하자, 그가 반문하였다.

"방종함이 나쁜 것이라면, 신들에게 제사를 드리는 축제 기간에는 왜 모두들 방종하게 놀아날까?"

하지만, 미추와 청탁을 구태여 분별하려 하지 않던 그의 구애됨 없는 처신에 대하여, 플라톤은 상당히 호의적인 시각을 가지고 있었던 것 같다. "화려한 망또건 넝마조각이건 가리지 않고, 어느 것이든 태연히 걸치고 다닐 수 있는 사람은 오직 자네뿐이네!" 플라톤이 그에게 했다는 말이다.

그가 시라쿠사의 폭군 디오니시오스와 사귀기 시작하던 무렵, 어느 날 디오누시오스가 그의 얼굴에 침을 뱉었다. 하지만 그는 안색 하나 변함 없이 천천히 얼굴의 침을 닦았다. 그 이야기를 전해 들은 친구들이, 그의 태도가 지나치게 비굴하다며 그를 나무랐다. 그는 미소를 지으며 친구들의 나무람에 대꾸하였다.

"어부들을 보시게, 그들은 모샘치 한 마리를 잡으려고 온몸을 적신다네. 하물며 고래를 잡으려는데 가래침 몇 방울을 꺼리겠는가?"

나에게는 듣지 않을 권리가 있으니까……

　디오니시오스가 아리스티포스를 각별히 대우하자, 다른 철학자들이 그를 몹시 미워하게 되었다. 하지만 그는 조금도 개의치 않았다.

　"미움을 받는 사람보다는 미워하는 사람이 항상 마음의 상처를 더 받는 법이지!"

　다른 철학자들의 질시와 증오를 누가 귀띔해주어도, 그는 항상 그렇게 대답하곤 하였다. 또한 누가 면전에서 욕설을 퍼부으면, 그는 빙긋이 웃으며 다음과 같이 응수하곤 하였다.

　"나는 이만 물러가겠소. 욕설을 마구 토해내는 권리가 당신에게 있다면, 나에게는 그것을 듣지 않을 권리가 있기 때문이오."

내가 지금 행복하니, 나는 현자이다

　아리스티포스와 함께 소크라테스로부터 가르침을 받은 안티스테네스는 여러 면에서 상반된 모습을 보였다. 예를 들어 아리스티포스가 항상 명랑하고 관대한 반면, 안티스테네스는 구슬픔에 잠겨 있었으며 엄숙하였다. 아리스티포스가 정염(情炎)을 과감하고 유연하게 제어 또는 향유하며, 그것이 삶이라는 고역을 다소나마 가볍게 해주는 하인이라고 생각한 반면, 안티스테네스는 정염을 위험한 것으로 여겨, 그것과 감히 겨루지 못하고 일체의 쾌락을 멀리하였다. 훗날 아리스티포스는, 자신과 안티스테네스의 삶을 비교하며 다음과 같이 회고하였다.

　"우리 두 사람은 서로 정반대의 길을 갔고, 우리의 노력이 거둔 결실은 이러하다. 즉, 안티스테네스는 자신이 행복하다고 생각했다. 자기가 현자라고 믿었기 때문이다. 반면 나는 내가 현자라고 생각한다. 내가 행복하기 때문이다."

새앙쥐를 사표로 삼아야겠구나

어느 날 저녁, 쪼르르 달려가는 새앙쥐를 보고, 디오게네스는 문득 무엇을 깨달은 듯 중얼거렸다.

"편안한 거처를 얻으려 마음 쓰지 않고, 어두움도 두려워하지 않으며, 안락한 삶에 필요한 것들 때문에 욕심을 부리는 일도 없구나! 내 이제 너를 사표(師表)로 삼아야겠구나!"

빈곤에 시달리던 그가 새앙쥐로부터 그렇게 위안을 얻은후, 그는 즉시 자기의 외투를 겹으로 만들어, 사철 입고 또이불로 사용할 수도 있게 했고, 먹을 것을 넣어 가지고 다닐동냥자루 하나를 장만하였다. 그리고는 아무 데서나 먹고자기로 작정하였다.

당나귀들의 조롱에는 신경 쓰지 않는다네

어떤 사람이 디오게네스에게 알려주었다.

"모든 사람들이 자네를 비웃는다네."

그러자 디오게네스가 웃으며 대답하였다.

"아마 당나귀들도 그 사람들을 조롱할 걸세. 하지만 그들은 당나귀들의 조롱에 무심하지. 나 또한 그들을 본받아 그들의 조롱에 신경 쓰지 않는다네."

아! 식욕도 이렇게 충족시킬 수 있다면……

디오게네스는 사람들의 왕래가 빈번한 광장에서 음식을
펼쳐놓고 식사를 함은 물론, 태연히 자위 행위를 즐기기도
하였다. 어느 날 그는 그 행위를 즐기고 나서, 자기의 배를
손으로 문지르며 탄식하듯 말하였다.

"아! 식욕도 이렇게 문질러서 충족시킬 수 있다면 오죽
이나 좋을까!"

생시에 보이는 것도 두려워하지 않으면서……

탈레스 이후 숱한 철학자들이, 각 신전에 기생하던 신의 대변자들을 상대로 줄기찬 투쟁을 벌여왔건만, 신탁(信託)이라는 것의 힘을 빌려 혹세무민하던 전통은 끈질기게 남아 있었던 것 같다. 이솝이나 소크라테스의 죽음 역시 종교 재판의, 다시 말해 몽매한 폭거의 전형적 산물일지도 모른다. 디오게네스는, 꿈 속에 나타나는 것들에 놀라 근심하며 해몽꾼이나 예언가를 찾아다니는 사람들에게 다음과 같이 말하였다.

"그대들은 깨어 있을 때 보이는 것들도 두려워하지 않으면서, 잠들었을 때 그대들 앞에 나타나는 그 헛것들을 왜 두려워하는가?"

새끼 돼지의 무심함을……

　회의주의 철학의 비조이며, 철학의 유일한 목표를 불안
감의 완벽한 제거에 두었던 피론(기원전 365년경~275년경)
이, 어느 섬으로 건너가고 있었다. 그런데, 그가 타고 가던
배가 심한 폭풍우를 만났다. 함께 탄 다른 승객들은 모두 절
망적인 비명을 지르며 허둥대는데, 오직 피론만 태연하였
다. 어느 순간, 피론이 배 한구석을 유심히 바라보다가 미소
를 지었다. 폭풍우나 사람들의 비명소리 따위를 아랑곳하지
않는 자가 또 하나 있었던 것이다. 즉, 새끼 돼지 한 마리가
태평스럽게 무엇인가를 열심히 먹고 있었던 것이다. 그는
어린 돼지를 바라보며 조용히 탄식하였다.
　"현자라 할진대, 저 어린 돼지의 무심함을 견지할 수 있
어야 하건만!"

내가 직접 맡기겠네

어떠한 경우에도 슬퍼하거나 찡그리지 않으며, 언제나 우스갯소리를 잘 하는 사람이 있었다. 그리하여 사람들이 그에게 뽈레장땡(즉, 농담꾼)이라는 별명을 붙여주었다. 그가 어느덧 늙고 병이 깊어, 드디어 생의 최후 순간을 맞게 되었다. 마지막 숨을 몰아쉬는 그를 위해 종부성사를 거행하려고 사제가 그의 수족에 기름을 바르려 하자(塗油式) 그는 두 발을 바짝 오므려 감추었다.

"도대체 두 발이 어디에 있나?"

사제가 그렇게 중얼거리자, 죽은 듯 누워 있던 뽈레장땡이 눈을 다시 뜨며 대꾸했다.

"제 다리 끝을 잘 보십시오. 거기에 있을 겁니다."

"그런데 다리 끝이 어디로 갔지?" 사제가 투덜거렸다.

그러자 곁에 있던 친구가 구슬픈 어조로 타일렀다.

"여보게, 이제 농담은 그만 하고, 사제님께 부탁하여 자네의 영혼을 하느님 품에 맡기게!"

그러자 뻴레장땡이 물었다.

"하느님에게는 누가 가기로 되어 있나?"

"물론 자네이지! 하느님께서 허락하신다면 아마 오늘 떠날 걸세!"

"나는 내일 떠났으면 좋겠는데……."

"그러지 말고 조용히 사제님께 모든 걸 맡기게! 오늘 하느님께 갈 수 있을테니……."

"아! 그런가? 기왕에 내가 몸소 가야 한다면, 내 영혼은 내가 직접 하느님께 맡기겠네……."

그리고는 즉시 숨을 거두었다.

현명한 가르침

인도의 어느 가난한 농부가 고명한 은자를 찾아가 구차한 처지를 하소연하였다.

"더 이상 견딜 수가 없습니다. 아홉 식구가 허물어져가는 오두막 속에서 뒤엉켜 지냅니다. 아이들은 밤낮 없이 울어대고, 굶주림을 면할 길 없으며, 식구들은 부스럼 투성이입니다. 먹을 것이라고는 암소에서 조금씩 짜내는 젖뿐입니다. 이 어려움에서 벗어나려면 어찌 해야 좋을지, 묘책을 가르쳐 주옵소서!"

"그 암소까지 오두막 안으로 불어들여 함께 기거하게!"

"그것은 미친 짓입니다. 아홉 식구만으로도 한 덩어리가 되어 지내는 형편입니다……."

그러나 은자의 대답은 단호하고 간략했다.

"군소리 말고 내가 시키는대로 하게!"

보름 쯤 후에 농부가 다시 은자를 찾아왔다.

"이제는 그야말로 생지옥입니다. 아이들은 모두 병들었

고, 오두막 속은 온통 쇠똥 투성이입니다. 또한 암소가 하룻밤에도 몇 번씩 식구들을 깨웁니다. 정말 어찌 해야 좋을지 모르겠습니다."

은자가 덤덤히 말했다.

"암소를 오두막 밖으로 끌어내게!"

주둥이 닥치고 얌전히 있게

이 세상의 온갖 시련을 두루 겪은 철학자 하나가 어느 탁발승을 찾아가 물었다. "현자시여, 인간이라는 이 괴이한 동물이 도대체 왜 생겨났을까요? 그 연유를 가르쳐주소서."

그러자 탁발승이 비웃듯이 되물었다.

"자네가 왜 참견인가? 그것이 자네 일인가?"

"하지만, 존귀하신 인도자여, 이 땅은 끔찍한 악으로 덮여 있나이다!"

탁발승이 다시 힐난조로 물었다.

"이 땅이 악으로 가득하건 선으로 가득하건, 그것이 무슨 상관인가? 우리의 황제께서 큰 선박 하나를 이집트로 보내실 때, 선박 밑창 틈바구니에 숨어사는 새앙쥐들이 항해 중에 편안할까 혹은 불편할까를 염려하시는가?"

"그렇다면 우리는 어떻게 해야 할까요?"

철학자가 다시 묻자, 탁발승이 대수롭지 않게 대답하였다. "주둥이 닥치고 얌전히 있게!"

저의 길동무가 되어주시지요

성품 소탈하고 농담 좋아하던 어느 건달이, 누명을 쓰고 교수형을 당하게 되었다. 형을 집행하기 위하여, 집행관이 그의 목에 올가미를 걸어주는 등 채비를 차리는데, 집행관의 손이 자주 그의 목언저리를 스쳤다. 건달이 집행관에게 점잖게 한 마디 했다.

"여보시오, 나으리, 나의 벗이여, 그 쪽으로는 더 이상 손을 가져가지 마시오. 나는 간지러움을 잘 타는지라, 자칫 사람들 앞에서 웃겠소. 사람들이 뭐라고 하겠소? 내가 사법을 조롱한다고 하지 않겠소?"

드디어 최후의 순간이 닥쳐, 사제가 그의 곁으로 다가왔다. 그리고 그를 위로하기 시작하였다.

"벗이여, 이 세상에는 고통과 번민뿐이오. 그대 오늘 드디어 이 비참한 세상을 빠져나가게 되었으니, 참으로 큰 행운이오!"

그러자 건달이 웃으며 사제에게 제안하였다.

"아! 그렇습니까? 그러면 신부님이 내 대신 먼저 가셔서 복을 누리시지요."

그러나 사제는 들은 체도 하지 않고 틀에 박힌 설교를 계속하였다.

"용기를 내시게, 그대는 오늘 낙원에 이르러 그곳에서 천사들과 함께 저녁식사를 하실 것이오."

그러자 건달이 간청하듯 말하였다.

"먼 길을 홀로 가는 것은 적적하고 괴로운 일입니다. 또한 저는 낙원으로 가는 길을 모릅니다. 그 길을 잘 아시는 신부님께서 저의 길동무가 되어주시는 것도 자비로운 일 아니리까?"

누가 진정한 현자일까

　완벽한 현자가 되기로 결심한 젊은이가, 탕아로 소문난 어린 시절의 벗을 만났다. 딱한 마음에, 그가 옛날의 벗에게 자기의 결심을 털어놓았다. 자기의 결심에 그 타락한 벗이 다소나마 감화되기를 바랐기 때문이다.

　"진정 행복해지려면 일체의 정염으로부터 자유로워야 하는 바, 차후로는 어떠한 여인도 사랑하지 않겠네."

　탕아가 빙긋이 웃으며 물었다.

　"그럴 방도가 있다는 말인가?"

　"물론이지! 아무리 아름다운 여인을 보더라도 나는 이렇게 생각할 작정이네. '저 싱싱한 볼도 언젠가는 주름투성이로 변할 것이고, 저 맑은 눈도 불그레한 눈꺼풀에 둘러싸여 흐릿해질 것이며, 저 동그란 젖가슴도 납작해져 축 처질 뿐만 아니라, 아름다운 머리채 역시 다 빠져나가 늙은 쥐처럼 추한 모습으로 변하리라!'"

　그러자 탕아가 비아냥거리듯 물었다.

"맑은 강물에서 잡아올린 은어가 아무리 싱싱하고 먹음 직스러워도, 그 물고기는 성질이 급해 쉽게 숨이 끊어지고, 또 곧 썩기 시작하며 고약한 냄새를 풍기지? 하지만 그렇다고 미리부터 그 싱싱한 은어회를 먹지 않는 얼간이가 있겠는가?"

저승으로 가는 길은 하나뿐이라네

　페리클레스와 소크라테스, 투키디데스(기원전 470년경
~395년경) 등의 스승으로 알려진 아낙사고라스는, 그리스
에서 최초로 인체를 해부한 생물학자로도 알려져 있다. 또
한 태양이, 열을 내는 거대한 형광물체라고 주장하여, 여러
신전의 사제들과 정치적 반대파에 의해 불경죄로 고발을 당
하기도 하였다. 즉, 아직도 종교적 몽매함이 상당한 위력을
떨치던 당시에는, 극단적 유물론자로 지탄받기도 하였다.

　하지만 그는, 우주가 태초에는 하나의 대혼돈이었으되,
영혼이라는 지성체가 개입하여 하나의 유기적인 세계를 조
직했다는 주장을 펴기도 했다. 어떤 사람이 그에게 나무라
듯 말하기를, 그가 자신의 조국에 대해 너무 무관심하다고
하자, 그는 하늘을 가리키며 이렇게 대꾸했다고 한다.

　"불경한 소리 하지 말게. 나는 내 조국 때문에 항상 노심
초사한다네!"

　또한 어떤 사람이, 타향에서 생을 마감하게 되었다며 슬

피 탄식하자, 그가 다음과 같이 위로하였다고 한다.

"어디에서 출발하든 저승으로 가는 길은 하나뿐이라네!"

죽음이 따라올 수 없는 곳을 가르쳐주게

소크라테스가 독배를 마시고 죽기로 정해진 바로 전날, 크리톤은 간수들을 매수하는 것은 물론 그 외 모든 준비를 마친 다음, 간곡한 어조로 스승에게 탈옥을 권하였다.

"어서 결단을 내리소서. 편안히 탈출하실 수 있는데, 스스로 적들에게 몸을 내맡기지 마소서. 지금 결단을 내리셔야지, 내일이면 너무 늦습니다."(플라톤의 「크리톤」에서는 크리톤과 소크라테스의 관계가 격의 없는 친구처럼 그려져 있다.)

그러자 소크라테스는, 평소 제자들에게 말하던 어조로, 탈옥의 불가함을 크리톤에게 차근차근 설명한다. 그리고는 자기의 생각을 다시 한 번 명확히 밝힌다.

"그러니, 크리톤! 이곳에 조용히 머물도록 하세. 그리고 신들께서 인도하시는 길을 묵묵히 따라가도록 하세!"

그 말에 크리톤이 슬픈 낯빛을 감추지 못하자, 소크라테스가 미소를 지으며 그에게 다시 말하였다.

"자, 크리톤, 용기를 내게! 내가 탈옥하기를 그토록 원하는가? 정 그렇다면, 죽음이 발길조차 들여놓을 수 없는 곳을 내게 알려주게!"(이상의 일화는 크세노폰이 「잊지 못할 사람들」과 「소크라테스의 변론」에 술회한 것이다.)

삶으로부터가 아니라 고통으로부터……

안티스테네스는 아테네의 변두리에 있던 체육관에서 자주 강론을 폈다. 그 체육관의 이름이 〈날렵한 개들〉이었기 때문에, 그와 그의 동료 및 제자들을 가리켜 사람들이 '개들'이라고 하였다. 또한 안티스테네스와 디오게네스 등은 스스로 자신들을 '진정한 개'라고 칭하였다. 다시 말해, 그 철학하던 '개들'의 학파를 탄생시킨 사람은 안티스테네스이다. 또한 그리하여 디오게네스 라에르티오스는, 견유학자 디오게네스의 초인적인 무감각과 크라테스의 절제, 제논의 굳건한 영혼뿐만 아니라 그의 스토아 철학(금욕 및 극기주의 철학) 자체도, 모두 안티스테네스에서 비롯되었다고 한다.

그러한 안티스테네스가 중병에 걸려 회생 가망이 없게 된 어느 날, 디오게네스는 날카로운 단검을 몸에 지니고 문병을 갔다. 그리고는 진정한 벗의 도움이 필요한지를 물었다. 바로 그 순간 안티스테네스가 절규하듯 말했다.

"아! 누가 나를 이 고통으로부터 해방시켜 줄 것인가!"

그러자 디오게네스가 단검을 불쑥 내밀며 대답했다.

"이것이!"

단검을 보자 안티스테네스가 서둘러 말했다.

"나의 삶으로부터가 아니라 고통으로부터라고 했네!"

눈을 감고도 갈 수 있는 길이니까……

죽음의 길이 험난하냐고 어떤 사람이 비온에게 물었다.
그러자 비온이 웃으며 대답했다.

"아무 걱정 마시게. 저승길은 아주 평탄하다네. 누구든
눈을 감고도 갈 수 있는 길이니까."

왜 이리도 급히 부르느냐

제논은 자신이 고령에 이르도록 죽음이 닥치지 않자, 일체의 음식을 거부하고 생명이 소진되기를 기다렸다. 그러던 어느 날, 극도로 쇠약해진 그가 땅바닥에 넘어졌다. 그는 손으로 땅바닥을 툭툭 치면서 다정하게 말하였다.

"내 스스로 너에게 가고 있거늘, 왜 이리도 급히 부르느냐?"

그리고는 이내 절명하였다.

농담

1판 1쇄 찍음 2004년 1월 5일
1판 2쇄 펴냄 2004년 2월 5일

편역 · 이형식
펴낸이 · 이갑수
펴낸곳 · 궁리출판

편집 · 김현숙, 서영주, 이유나
영업 · 백국현, 도진호
관리 · 김유미

출판등록 1999. 3. 29. 제406-2003-021호
413-832 경기도 파주시 교하읍 문발리 파주출판단지 526-2
대표전화 031-955-8292 / 팩시밀리 031-955-8291
E-mail : kungree@chollian.net
www.kungree.com

ISBN 89-88804-62-7   03860

값 9,000원